中国现代《诗经》学经典文丛

王长华 董素山 主编

《诗经》之女性的研究

谢晋青 著

李笑岩 整理

河北出版传媒集团
河北教育出版社

图书在版编目（CIP）数据

《诗经》之女性的研究 / 谢晋青著 ; 李笑岩整理. 石家庄 : 河北教育出版社, 2025. 3. -- (中国现代《诗经》学经典文丛 / 王长华, 董素山主编). -- ISBN 978-7-5545-8984-7

Ⅰ. I207.222

中国国家版本馆CIP数据核字第20249VV714号

《诗经》之女性的研究

SHIJING ZHI NÜXING DE YANJIU

主　　编　王长华　董素山
作　　者　谢晋青
整　　理　李笑岩
责任编辑　张　静　符向阳
装帧设计　于　越
出版发行　河北出版传媒集团
　　　　　河北教育出版社　http://www.hbep.com
　　　　　（石家庄市联盟路705号，050061）
印　　制　河北清静堂印刷有限公司
开　　本　890mm × 1240mm　1/32
印　　张　3.375
字　　数　65千字
版　　次　2025年3月第1版
印　　次　2025年3月第1次印刷
书　　号　ISBN 978-7-5545-8984-7
定　　价　36.00元

丛书编委会

总　序

◎王长华

伴随着40年中国学术研究整体上的飞速发展，《诗经》学研究这一学术分支也取得了此前罕有的进步和引人瞩目的成绩。不过，在《诗经》学内部，相对于古代《诗经》学史研究的全方位推进，现代《诗经》学的研究显得还不那么充分，它还存在很多有待开垦和研究的区域与空间。正是基于对这一现实状况的基本判断，河北教育出版社领导与《诗经》学界有关专家学者经过认真研讨磋商，决定编辑出版这套“中国现代《诗经》学经典文丛”。

所谓“现代”是个历史概念，学界一般认为学术史的“现代”起自1911年辛亥革命之后，截止于1949年10月1

日中华人民共和国成立，这段时间屈指算来还不足40个年头。就是在这短短的不到40年的历史时段中，中国《诗经》学研究发生了前所未有的堪称翻天覆地的巨大变化，涌现出了一批学术名家著成的《诗经》研究名作。

追溯历史，自汉代初年开始直到20世纪初清王朝结束，《诗经》在长达两千多年的时间里一直都占居“经”之地位，历代《诗经》研究者当然也必须遵从经学研究的家法和路数来解读它和阐释它，其间虽在宋代和明后期短时间内出现过部分学者突破经学藩篱，直陈《诗经》一些篇章里包含有普通人的情感而由此呈现出文学元素，但这些研究终究未能真正成为那个时代《诗经》研究的主流。历史进入现代，随着西学东渐历史大势的发生，一批留学欧美和日本，深受西方学术思想影响和饱经西方学术训练的学者归国，从此，中国《诗经》学研究翻开了新的篇章，这批学术新锐由初登文坛的青年才俊而迅速茁壮成长为书写《诗经》研究新历史篇章的著名学者，如章太炎、王国维、梁启超、胡适、郭沫若、闻一多，以及傅斯年、顾颉刚、谢无量等，他们各自携带自己成熟或不太成熟、措辞激烈或相对温和、直陈本心或舒缓抒情的著述，先后登上了中国《诗经》研究的历史舞台。于是，现代《诗经》学史上随之而陆续出现了诸名家基于对中国传统文化的批判、对中国文化现实的改造以及对中国文化未来命运重塑的初心，以《诗经》为突破口，渐次发起了白话文运动、东西文化论战、整理国故运动等与社会变革息息相关的一系列探究和争鸣，他们无所顾忌地引进和使用西方的学术理念和学术思想，恣意大胆地对《诗经》进行重新看待、重新定位和重新评价，其中涉及的问题包括《诗经》的作者、《诗经》的结集、《诗经》的性质、《诗经》中的赋比兴、《毛序》的作者及性质、《诗经》与白话、《诗经》与民歌等。

在看似纷繁复杂的现代《诗经》学 40 年历史变迁中，我们如果细心梳理分析，就不难发现这些学者名家几乎是始终如一地坚持了一个本心，那就是把两千多年的经学的《诗经》判定为文学的《诗经》，把诗篇文本中描绘的神圣的历史圣王圣迹判定为平民百姓的日常生活。从学术逻辑看，这段历史先后经过了把《诗经》还原为历史，再把历史定性为史料，之后又由史料平移而命名为文学，从而最终抵达了他们认为《诗经》原本应该抵达的终点。其实，视《诗经》为文学，不仅是中国现代史上学者们的使命，1949 年进入当代以后，《诗经》学界的绝大部分学者所从事的《诗经》研究工作仍然继续坚持了这一方向。历史一再证明，同时代人无法完全跳出身处的时代真正看清自己的作为和理性评判自己的功过。让《诗经》研究摒弃经学而走向文学，是现代《诗经》学 40 年的最突出贡献。这套丛书所展示的就是历史上这 40 年里诸名家有代表性的学术成果。是非功过，期待有更多读者参与的更长时段的历史作出鉴定。

需要说明的是，学术的发展原本不会完全随着政治的变换和历史断代的变化而变迁，它除了随历史而变动，同时还固执地持守自身的变化和发展逻辑。所以，我们在本丛书中，除了收有 1911 年到 1949 年的《诗经》名家代表作外，还收入了部分属于清末学者的有代表性的著作，以此呈现一个历史阶段学术变迁的完整性。另外，此次出版这套丛书，整理者主要做了四方面工作：一是变竖排为横排；二是变繁体为简体；三是加新式标点；四是修订原书中的误植字。而由于时代变迁彼时以为对此时颇觉可商的用字、用词，以及一些带有方言色彩的习惯性表述，我们本着还原历史、尊重原著者的原则，均不作改动，一仍其旧。此心此意，尚祈读者诸君明鉴。

2024年8月20日初稿

2025年元月3日改定

目 录

一 绪论[①]

中国史乘，自来只有帝王贵族和英雄豪杰底传述，而无普遍社会底描写。因为中国史家，多半都是受着帝王等豢养的奴隶式的官吏，彼辈幸能列身显贵，热中于利禄，那么，他底史家天职，当然只要颂扬帝王贵族，崇拜英雄豪杰，而不必计及何者为普遍社会了。就如那很有名的史家司马迁，他底不怕强权，也只是批评帝王底大胆，而对于当代社会底实况，亦并没有如何底注意。所以我以为能够真切描写古代社会情况的，只有那些放情无忌的高尚诗人。

说到古代诗人底作品，那《诗经》三百篇，总算是中国最古最美最完备的唯一诗集了。固然，三百篇中，也有很多——如《雅》《颂》——是纯官式或半官式的无聊机械的劣品，但十五《国风》却实实在在多是很自然很活泼很真挚很

① 整理者按：本书根据商务印书馆 1924 年版整理。

普遍的平民化的优美作品，而为研究古代文艺问题和古代社会问题——尤其是古代妇女问题——者底唯一的圣经呀！这倒不是因为《诗经》底编辑主任，是一位大成至圣的先师孔子。可是，能把当时交通不便利，国俗不相同而各有优异的列国文学，辑成一部空前绝后的“文艺大观”，那么，他老先生底“三月无君大恐慌，一车两马跑四方”的附带搜集，的确也算一种至伟大的成绩呀！

诗是人间性情的自然的表现，无论什么人，只要佢是天真澜漫，性情活泼的，有了意思，自然就会写出来；所谓“诗言志”，就是这个意义。朱晦庵在《诗集传·序》上，有几句说得满好。他说：

> 或有问于予曰：“诗何为而作也？”予应之曰：“人生而静，天之性也，感于物而动，性之欲也；夫既有欲矣，则不能无思，既有思矣，则不能无言，既有言矣，则言之所不能尽，而发于咨嗟咏叹之余者，必有自然之音响节族，而不能已焉；此诗之所以作也！”

不过，古来学者，常常把诗人底人格看差了，以为高尚纯洁的诗人也和“玩物丧志”的功利派文人一样，说出话来，一定不当和普通人相同。因而，不是把普遍真挚的作品看得太低了，就是故作神秘的看得太高了。看低了固然是不对；但看高了，也是同样失却诗人底本意。这种毛病，不要说别人，就是《诗经》底原编辑人孔老先生，也未能免——前面所引的《诗集传·序》，只是断章取义底一段，其实朱先生底错误，更是指不胜计，此事俟后再说。《论语》里，有两段孔子谈《诗》底话如下：

子贡曰："贫而无谄，富而无骄，何如？"子曰："可也！未若贫而乐，富而好礼者也"。子贡曰："诗云，如切，如磋，如琢，如磨，其斯之谓与！"子曰："赐也，始可与言诗已矣！告诸往而知来者。"

子夏问曰："巧笑倩兮，美目盼兮，素以为绚兮。何谓也？"子曰："绘事后素。"曰："礼后乎？"子曰："起予者商也！始可与言诗已矣。"

孔子底高足，前后大小三千多人，何以可与言诗者，只有这么两位？这不是他老先生，把普遍真挚的作品看得太高而太神秘了么？《论语》一书里，记述评诗底文字，很不在少数，可是我觉得最公平的，只有下列的一句："子曰:《诗》三百,一言以蔽之，曰'思无邪'。"

编辑《诗经》，在孔子算是一生极得意的事业，所以他每次读到《诗经》，不由得就大吹大擂地演说起来：

> 子曰："小子何莫学夫《诗》！《诗》，可以兴，可以观，可以群，可以怨；迩之事父，远之事君，多识于鸟兽草木之名。"子谓伯鱼曰："女为《周南》《召南》矣乎？人而不为《周南》《召南》，其犹正墙面而立也与！"

这段话，总算是吹得十足了。可是我们若平心静气地冷然一想，却不免就要发笑了。兴、观、群、怨，的确是别有见地，令人十分佩服；但事父事君底话，究竟从何说起呢？至于多识鸟兽草木之名，那更是驴唇不对马嘴；试问诗人作诗，若只是为使人多识鸟兽草木之名，那他何如代人编几部《本草纲目》或《动物学大辞典》呢？还有：

> 子曰："兴于《诗》，立于礼，成于乐。"
>
> 陈亢问于伯鱼曰："子亦有异闻乎？"对曰："未也！尝独立，鲤趋而过庭，曰，学《诗》乎？对曰，未也！不学《诗》，无以言！鲤退而学《诗》……"
>
> 子曰："诵《诗》三百，授之以政，不达，使于四方，不能专对，虽多亦奚以为？"

"兴于《诗》"云云，还和前引的兴观群怨，是一致的宗旨，没有什么可说。教子一幕，他竟把诗教当作说话底工具了。诵《诗》授政一章，简直是莫明其妙。诗与政，究竟有什么相干？这真是利令智昏！他老先生底做官热度，于此也可见一斑了。

以上所引的，差不多是孔子诗学通论底大旨，另外还有关于分论的话，我再找两段出来看看：

> 子曰："《关雎》，乐而不淫，哀而不伤。"
>
> 颜渊问为邦。子曰："行夏之时，乘殷之辂，服周之冕，乐则韶舞；放郑声，远佞人；郑声淫，佞人殆。"

《关雎》"不淫"和"郑声淫"底"淫"字，究竟当如何解说？若照《说文》所说"浸淫随理也"，或"久雨曰淫"之言来解释，使这一部古代文艺大观的《诗经》，仍旧完全无缺，那就百无话说。不然，若依什么"男女不以礼交谓之淫"底话去解；那么老实不客气，我们可就要跑到大成殿，去兴问罪之师了。既然是"《诗》三百,一言以蔽之，曰'思无邪'。"那怎么还又会"郑声淫"了呢？况且淫逸之"淫"，在《说文》上，还另有女旁的淫字；可见得"郑声淫"这一句话，孔子断不会头脑不清自相矛盾，当作一件不正当的事去看的。因此，我又想把"放郑声"底"放"字，解作"放情而歌”“南北放门”“妇女放足”“放于利而行”或《尧典》“放勋”之“放”，而不愿彼当作“放逐”“放弃”去解了。可是，我知道我说这几句半真半假的玩笑话，那些自命卫道之士的伪君子又要在那里肿胀着脸顿足发怒呢。

中国人最荒谬的思想，就是“仕而优则学，学而优则仕”。他因为以研究学问和做官是互为因果的，所以举国之人，都以置身显贵为人生最高的目的了。因此，人人都会穿凿附会的，赞扬贵族，歌颂圣朝。凡社会上有一种美事，不问符合不符合，他都硬拉硬凑，说彼和圣朝贵族有关。即如《国风》之诗，明明多是民间无名诗人，讴歌自然，抒写性情的遗迹；而一般解经家，却偏要拿来向什么文王武王底历史陈迹上硬安，显出生吃活剥的样子，使人失笑。这种毛病，不管是毛也罢，郑也罢，齐鲁韩也罢，以至于后之无量数的训诂考据注释家也罢，差不多是人人共同必犯之病。所以《毛诗序》，开口就说：

> 《关雎》，后妃之德也，风之始也；所以风上下而正夫妇也……上以风化下，下以风刺上，主文而谲谏，言之者无罪，闻之者足以戒，故曰风……是以一国之事，系一人之本，谓之风……然则，《关雎》《麟趾》之化，王者之风，故系之周公……《鹊巢》《驺虞》之德，诸侯之风也，先王之所以教，故

> 系之召公。《周南》《召南》，正始之道，王化之基；是以《关雎》乐得淑女以配君子，忧在进贤，不淫其色；哀窈窕，思贤才，而无伤善之心焉，是《关雎》之义也。

这全是一篇狐话。那位朱先生，更加荒谬了，他在《诗集传》里，竟大胆写上一段说：

> 周之文王，生有圣德，又得圣女姒氏，以为之配；宫中之人，于其始至，见其有幽闲贞静之德，故作是诗。

彼辈不明白《诗》，是社会的时代产儿，而不是历史的机械记载。诗之背影所表现的，虽有时代，然而并不可以普通史家底年代去范围他，这正如《社会学》中所述只有图腾社会和宗法社会底顺序，断不能说纪元前若干年月为图腾社会，又若干年月为宗法社会呀！由此，我们就可以说，《诗经》之诗，大概所写的，都是周代初中叶或周代以前底社会背影；若是不顾头青眼肿的，硬指某诗是某时某人所作，或代某时某人而作，那就大错而特错了。孔子是编《诗》之人，而且他对于有周一代，又是拼命捧场的；若是果有根据，他还不老早就在每诗之前，大书而特书曰：此诗是某公某王某后所作，或此诗为代某公某王某后而作么？然而他对于《关雎》一诗，始终只有一个抽象的评判，说："《关雎》乐而不淫，哀而不伤。"什么后妃之德，什么王者之风，什么系之周公，什么周之文王，生有什么德，这都是哪里来的话？

其实，《关雎》一诗最通俗而诗格最纯洁。就以"关关雎鸠，在河之洲"和"参差荇菜，左右口之"那几句描写自然世界底话而论，我可以说，非日日接触自然世界的民间诗人，绝对不能写出。不要说是什么生活龌龊的宫中臭人，就是膏粱文绣的贵族王后，也是绝对不会发生这种高尚纯洁思想的。你看歌《大风》底汉高，说不说，还能不脱些草泽之气，赶到武帝作《秋风辞》，那简直就活现出一个乐极生悲的纨袴公子了。思想与人生之不相离，那真是毫厘丝忽都不容假借呀。

还有美刺问题，在《诗》义上，自来也是一种很大迷惑。孔子评《诗》，从没有说过美刺底话。不晓得《毛诗》以下底学者，果何所据而竟加上一种美刺底帏幕。其实，诗人作诗，原是：

情动于中，而形于言，言之不足，故嗟叹之，嗟叹之不足，故永歌之，永歌之不足，不知手之舞之，足之蹈之也……（见《毛诗序》）。

哪里能于每作一诗之先，必计画对于某人某事加以赞颂，或加以嘲笑攻击呀！诗人底天职，若果是专门美人或刺人的，那诗人底人格志趣，也就不堪过问了。我觉得古来所以如此错误的，就在注释家底误认词性。《国风》底“风”字，可作名词底“风俗”二字解：就是说《国风》是表现各国特异的风俗底东西。也可作名词底“式样”二字解，就是说《国风》是列国诗格，各有各别的式样的。若是依《毛诗序》“风，风也，上以风化下，下以风刺上，主文而谲谏，言之者无罪，闻之者足以戒……”底话，去当作动词“讽”字解，那当然就要差之厘毫，谬以千里了。其他类底谬误之点，还有很多，因为这里才是做《绪论》，不便多说闲话，致占篇幅，所以只好一字表过不提，且听下回分解。

我现在趁此机会，再把本文底任务和主张在此申明一下，就是：我这次是想在《诗经》中发掘“古代妇女问题”的，并不是做考据底工作，在意义方面，我们总以诗底本义为归宿，那些不可靠的头脑不清的误解，我们是一概不取，在艺术方面，我们总以普遍而真挚的平民主义为归宿，那些不自然的附会穿凿，我们也一概排斥。

二 《周南》《召南》

《周南》《召南》之义，在《毛序》以为:“……《关雎》《麟趾》之化，王者之风，故系之周公；南言化自北而南也。《鹊巢》《驺虞》之德，诸侯之风也，故系之召公;《周南》《召南》，正始之道，王化之基……”这是把二《南》解作属人的了。郑谱谓:“……文王受命作丰，分岐周故地为二公采邑；武王时陈其诗，其得圣人之化者，谓之《周南》，得贤人之化者谓之《召南》……”这于属人之外，又兼有属地之义了。朱《集传》谓:“周国名，南方诸侯之国也。周国本在《禹贡》雍州境内，岐山之阳……文王昌辟国浸广，于是徙都于丰，而分岐周故地，以为周公旦召公奭之采邑，且使周公为政于国中，而召公宣布于诸侯……盖其得之国中者，杂以南国之诗，而谓之《周南》……其得之南国者，则直谓之《召南》……”这几全部解作属地之义了。这些解释，实际上，我觉得都不甚妥。“周南”“召南”这两个名词，纯粹是诗底篇名。既不能属人，也不能属地。著作家，在其著作之前，冠以某某篇名，原是一种习惯，并不是什么原则。在他命名底时候，或者有某种意义，存乎其中，然而那也不过是一时兴会所至，觉得必须如彼如此定名，然后方称妥适。其实时过境迁，过此以往，或将生有变化，亦未可知。在原著人，尚不免有如此场合，何况千百年后之读者？若竟强而言之，曰《周南》为何，《召南》为何，那就要有牵强附会的危险了。

《周南》之诗，计十一篇，《召南》计十四篇，合计二十五篇。这二十五诗之中，有关妇女问题的，在《周南》有《关雎》《葛覃》《卷耳》《樛木》《螽斯》《桃夭》《芣苢》《汉广》《汝坟》九篇；在《召南》有《鹊巢》《采蘩》《采蘋》《草虫》《行露》《殷其雷》《摽有梅》《小星》《江有汜》《野有死麕》《何彼秾矣》十一篇，共计二十篇。这二十篇诗，依照大旨，可区分下列数类：

- 写恋爱问题的
  - 男恋女的……
    - 《关雎》《野有死麕》
    - 《汉广》
  - 女思男的……
    - 《卷耳》《草虫》
    - 《汝坟》《殷其雷》
- 写女性美或其生活的………
  - 《葛覃》《鹊巢》
  - 《螽斯》《采蘩》
  - 《芣苢》《采蘋》
  - 《樛木》《小星》
  - 《桃夭》《何彼秾矣》

写婚姻问题的……《摽有梅》《行露》

写男性失恋的……《江有汜》

这样来分类，自然不免有些牵强，但为研究的便利，也只得勉强分去了。

《关雎》一诗，《毛诗序》谓为后妃之德，《韩诗序》指为刺时，都不妥适。《关雎》全诗三章，第一章写出一美女子为好男子底佳偶，第二章描写男子对于女子底单面的热烈相思，第三章描写男子既达目的后之快乐，并其两性间之调和，显然是描写一位青年男子爱上一位妙龄女子，企图和伊结婚底经过。并无丝毫意义，可以拉得上什么后妃文王等等的。魏默深《诗古微》底《二南答问》上说："……二南为周国民风，其诗必作于国人，而周公采被管弦，断无宫人自作之诗……"更可以揭破朱子《关雎》为宫人所作底谬解。我们中国人旧式结婚每好在大门上贴一喜联"诗歌杜甫其三句，乐奏《周南》第一章"的，就是因为男子美事成功，而借此一段故事开开玩笑底意思。至若古人以其为房中之乐，而用之乡人，用之邦国，那还能外乎这个意思么？我们试读全诗三章底原文，即可了然彼之要义了：

关关雎鸠，在河之洲；窈窕淑女，君子好逑。

参差荇菜，左右流之；窈窕淑女，寤寐求之；
求之不得，寤寐思服；悠哉！悠哉！辗转反侧。

参差荇菜，左右采之；窈窕淑女，琴瑟友之；
参差荇菜，左右芼之；窈窕淑女，钟鼓乐之。

《汉广》和《关雎》，同为男性依恋女性底作品，但《关雎》企求成功，因之两性间得了无量的幸福；而《汉广》则所图未遂，以致失望，徒增号叹而已。在文艺方面说，《关雎》叙述条理，文虽反复，而意致缠绵，显得活泼有生气而希望无穷；《汉广》则意趣单纯，徒有语言重复，俨然一失恋之子，神昏气丧，差不多离自杀底程度不远了！古代无名的作家，其本领真高出现在硬出风头的诗人呀。《汉广》原文如下：

南有乔木，不可休思[①]；汉有游女，不可求思；
汉之广矣，不可泳思！江之永矣，不可方思！

翘翘错薪，言刈其楚；之子于归，言秣其马；
汉之广矣，不可泳思；江之永矣，不可方思！

翘翘错薪，言刈其蒌；之子于归，言秣其驹；

① 整理者按：原书误作“息”。

汉之广矣，不可泳思！江之永矣，不可方思！

我们把原文细读一遍，就知道《毛序》“《汉广》，德广所及也。文王之道，被于南国，美化行乎江汉之域，无思犯礼，求而不可得也”，和《韩诗》“汉广，说人也”底话，都没有道理，而和本诗毫不相干了。

《野有死麕》一诗，《毛序》谓：“恶无礼也。天下大乱，强暴相陵，遂成淫风；被文王之化，虽当乱世，犹恶无礼也。”《韩诗》也说：“恶无礼也。平王东迁，诸侯侮法，男女失冠昏之节，野麕之刺兴。”实际，这诗和《关雎》《汉广》之义同，只是客观的写实，与恶无礼与否，绝不相关。请读：

野有死麕，白茅包之；有女怀春，吉士诱之。

林有朴樕，野有死鹿，白茅纯束，有女如玉。

舒而脱脱兮！无感我帨兮！无使尨也吠！

第一章是记其事，第二章是写其美，第三章就是描写如玉之女，附耳低语，为急促之言，以告吉士说：慢慢地呀！不要拉我底帨巾呀！别惊动了狗，使彼乱吠！

这里并无拒绝之意，也没有恶什么有礼无礼；伊底温语叮咛，恋爱之情，仍是丝毫不减。不过，环境不良——大概是家庭关系——不得成《关雎》底结果罢了。然而，也并没有如《汉广》之绝望失恋呀。古来所以误解为恶无礼者，都是因为没有了解第三章底真义之故。

第二类底《卷耳》《汝坟》《草虫》《殷其雷》四诗，在《毛序》以第一诗为后妃之志，三家诗皆以为刺时。第三、四两诗毛韩皆以为大夫妻所作；至第二诗毛则以为“文王之化，行乎汝坟之国，妇人能闵其君子，犹勉之以正也”。《韩诗外传》则以为“周南大夫受命平治水土，过时不归，其妻恐其懈于王事，因陈义以匡夫……”，也是当作大夫妻所作的了。其实，《卷耳》《汝坟》二诗，确似作者有贵妇人底口吻。《草虫》《殷其雷》二诗，就只见妇人想念其丈夫，并无关乎大夫妻了。先读《卷耳》一篇看：

采采卷耳，不盈顷筐；嗟我怀人，寘彼周行。

陟彼崔嵬，我马虺隤；我姑酌彼金罍，维以不永怀。

陟彼高冈，我马玄黄；我姑酌彼兕觥，维以不永伤。

陟彼砠矣！我马瘏矣！我仆痡矣！云何吁矣！

篇中有寘周行、马虺隤、酌金罍、酌兕觥等字，的确像一位小军官底太太。《汝坟》底主人公，更不必说：这位太太，简直有绅士之风了。请看：

遵彼汝坟，伐其条枚；未见君子，惄如调饥。

遵彼汝坟，伐其条肄；既见君子，不我遐弃。

鲂鱼赪尾，王室如燬；虽则如燬，父母孔迩。

未见伊底君子，是如何的狼狈！既见伊底君子，反又客气起来。第三章，又拉杂国事家事乱谈一番。这种女绅士真是令人对之要生出一种异样的感触来。

《草虫》一诗，毛诗以之配《卷耳》，所以说："《草虫》，大夫妻能以礼自防也。"依诗义看来，只是一位普通妇女想念丈夫底歌咏，一定要说这位妇人是大夫之妻，那可没有凭据了。《草虫》原文是：

喓喓草虫，趯趯阜螽；未见君子，忧心忡忡；亦既见止，亦既觏止，我心则降。

陟彼南山，言采其蕨；未见君子，忧心惙惙；亦既见止，亦既觏止，我心则说。

陟彼南山，言采其薇；未见君子，我心伤悲；亦既见止，亦既觏止，我心则夷。

《草虫》大义，虽埒于《卷耳》，但《卷耳》抑郁悲痛之情，却过于《草虫》远甚，这就是同而不同的地方。

《诗古微》又以《殷其雷》一诗，配《周南》底《汝坟》。然而《殷其雷》底大旨，只是单纯地盼望伊丈夫速速返家，和《汝坟》之未见君子而焦灼狼狈，既见君子而故意客气，终之又杂谈国事家事者，大不相同。《殷其雷》底诗文说：

殷其雷，在南山之阳；何斯违斯——莫敢或遑？振振君子，归哉！归哉！

殷其雷，在南山之侧；何斯违斯——莫敢遑息？振振君子，归哉！归哉！

殷其雷，在南山之下；何斯违斯——莫或遑处？振振君子，归哉！归哉！

三章底意趣文字，大部相同；然而伊底情急心切，能昂然于言表，这又不是普通诗人能够拿客观的心理，代伊述出的了。

《葛覃》一诗，毛诗谓为后妃之本，齐鲁韩三家诗皆谓为刺时，其中孰是孰非，不必多代辨证，然而这诗总是描写一位贵妇人底生活的。若是普通人家底太太，哪里还能有起师氏呢？

葛之覃兮，施于中谷，维叶萋萋；黄鸟于飞，集于灌木，其鸣喈喈。

葛之覃兮，施于中谷，维叶莫莫；是刈是濩，为絺为绤，服之无斁。

言告师氏，言告言归；薄污我私，薄澣我衣；害澣害否？归宁父母。

中国古代妇女最美之德，就是能和男子分功治事；男治外女治内，虽贵妇人也须亲治织布养蚕之事务；家庭手工业时代，自有一种天然的景况呀！

中国妇女结婚后底第一任务而为人人称羡者，则为生育问题。所谓母以子贵，能生得满堂儿女，就可以称得夫人太太，否则任如何美，亦只是薄命佳人。所以又可以说中国底女性美，不全以才貌，而以生育机能底优劣为标准了。《螽斯》之诗说：

螽斯羽，诜诜兮；宜尔子孙，振振兮。

螽斯羽，薨薨兮；宜尔子孙，绳绳兮。

螽斯羽，揖揖兮；宜尔子孙，蛰蛰兮。

这是一篇较纯粹的象征派诗，以善生子的螽斯，比喻美的妇女，很可以表现出中国人底女性观。《桃夭》之诗，也和《螽斯》相近。

桃之夭夭，灼灼其华；之子于归，宜其室家。

桃之夭夭，有蕡其实；之子于归，宜其家室。

桃之夭夭，其叶蓁蓁；之子于归，宜其家人。

之子于归之后，所赖以宜家室宜家人的，无非是有花有实有叶，而且能茂盛这几种条件罢了。

中国古来女子，不作兴有主张，亦无主观的道德和人格。所谓三从，就是未嫁从父、既嫁从夫、夫死从子。在既嫁之后，要想称得贤妻，那就要完全依从丈夫底主张，设法使丈夫欢喜。试看《樛木》之诗：

南有樛木，葛藟累之；乐只君子，福履绥之。

南有樛木，葛藟荒之；乐只君子，福履将之。

南有樛木，葛藟萦之；乐只君子，福履成之。

就是说，要想福履绥之，将之成之，只有“乐只君子”一种方法，这也可以看出中国女子底人格了。本诗底“樛木”二字，也和草虫、卷耳等物一样，只是触物兴怀底一种假借，并无如何深义。若依“木下曲曰樛”之言去解，那不免就要扯到什么“后妃能逮下，无嫉妒之心焉”底荒谈了。

真的女性美底要素，并不是妇功，也不是生育，更不是使丈夫欢喜，而是伊们底姿态安闲，心地慈善，接物宽厚，处世和平。所以普通野心男子所崇拜的女性美，并不是真的女性美，而是女性底奴隶化。我觉得二《南》诸诗中，能当起描写真的女性美的，只有《芣苢》一诗。《芣苢》之诗说：

采采芣苢，薄言采之；采采芣苢，薄言有之。
采采芣苢，薄言掇之；采采芣苢，薄言捋之。
采采芣苢，薄言袺之；采采芣苢，薄言襭之。

细味全诗，再凝神冥思，俨然见有一位安闲慈善而宽厚和平的女神，坐在旷大碧绿的宇宙中，轻移玉腕，缓缓地采捋芣苢。《诗经》中底自然派写实，算以这诗为最神妙了罢，至于芣苢之用途，我们实不必研究。若是胡乱地追求，那又犯了古人附会穿凿的毛病了。

《鹊巢》《采蘩》《采蘋》《何彼秾矣》四诗，全是描写贵族妇女底话。如《鹊巢》中底"……之子于归，百辆御之……"，《采蘩》中底"……于以用之公侯之事……公侯之宫……夙夜在公……"，《采蘋》底"……于以奠之宗室牖下，谁其尸之，有齐季女"，《何彼秾矣》底"……曷不肃雍，王姬之车……平王之孙，齐侯之子……"云云，决不是裙布钗荆之女所能梦见的。我因彼和这篇文章宗旨不同，而且把彼列在第三类里，又觉诸多不妥，所以决意把这四诗放弃了，不加研究。

《摽有梅》，《毛序》谓为："男女及时也。召南之国，被文王之化，男女得以及时也。”被文王之化不被文王之化，这个问题倒小，总之，古代男女结婚有一定之期间，这是不差的。《诗》传上说：“……三十之男，二十之女，礼未备则不待礼，会而行之者，所以蕃育人民也。”大概古代女子，十五至二十，男子二十至三十，皆可结婚。若是过期家长不令结婚，那么，伵们就可以不按手续，自由行动。这种办法，打一句官话，就是我觉得尚无不合。可是近代底蠢老子，对于子女婚姻却都别有肺腑，儿子倒无问题；惟有其女公子，到了三十岁不嫁人，他也不许伊自由行动一点，不知误了多少好光阴，牺牲伊多少幸福。学老先生发一句牢骚，这真是“古道沦亡”！

说得离题远了，我们向后转，读《摽有梅》全诗罢：

> 摽有梅，其实七兮！求我庶士，迨其吉兮！
> 摽有梅，其实三兮！求我庶士，迨其今兮！
> 摽有梅，顷筐塈之！求我庶士，迨其谓之！

这可把古代女子底婚姻观念，写得淋漓尽致了。第一章见树梅七实，还向求婚底少年说：等一等！等个吉日良辰罢！第二章见树梅三实，觉悟到机会错过，所以就不害羞地向求婚者说：来罢！今天正好！第三章，树梅落尽，自家底终身大事，还是没有解决；于是，伊即抱定宗旨，与人当面谈判。

所谓不待礼会而行之，就是要和伊恋人一齐翩翩飞去了。

然而恋爱是双方之间相互发生的，片面的欲求，决不能发生真正的恋爱。

男性不爱女性，当然不成问题；即女性不爱男性，虽有任何势力，亦决不能如何有主张的女子。我们看《行露》一诗就知古代两性关系也是这样的了：

厌浥行露，岂不夙夜？谓行多露！

谁谓雀无角，何以穿我屋？谁谓汝无家，何以速我狱？虽速我狱，室家不足！

谁谓鼠无牙，何以穿我墉？谁谓汝无家，何以速我讼？虽速我讼，亦不汝从！

彼愚蠢的狗男子，竟在神圣的恋爱问题上，施起卑劣手段来了。然而，危险得很呀！幸亏遇到一位深通人情的审判官，还能使他室家不足，几乎大吃反坐。若是碰到现在深恶自由恋爱的浑蛋知事，那可不得了，“亦不汝从”，那就行了么？未嫁从父！既嫁从夫！这一位无名诗人，能在数千年以上，代受婚姻制度家庭制度压迫的女子，写出这一篇诗，作千载底婚姻指南，真是一位慈航普渡的生佛呀！

《小星》一诗，最费索解。《毛序》谓：“《小星》，惠及下也。夫人无妒嫉之行，惠及贱妾，进御于君，知其命有贵贱，能尽其心矣。”所以后之高明的附会家，竟通称姨太太为小星，谬读之至。若果是众妾进于君，又何至于无特别宫院，并衾裯亦须贱妾自抱而往？真是不通之论。《韩诗外传》说：“《小星》，使臣勤劳在外，以义命自安也。”这是以此诗当作一篇纯粹的象征诗了。细读原文，也觉不妥。总之，不管彼象征也罢，写实也罢，但以我看来，觉得文义之内，总含有多量描写女性特别环境底意味，原文说：

嘒彼小星，三五在东；肃肃宵征，夙夜在公，寔命不同。

嘒彼小星，维参与昴；肃肃宵征，抱衾与裯，寔命不犹。

究竟为的何事，而竟抱衾裯以宵征？精神受了这样的压迫，而还能深信其宿命论，只怨命之不犹，而不知图生活环境之改造；这种心理，却有研究底价值呀。

《江有汜》，是写一男子，求婚未遂，而所求的女子，后又遇人不淑；因而，男子就发这一篇牢骚——这是我底解释。《毛序》谓：“《江有汜》，美媵也。勤而无怨，嫡能悔过也。文王之时，江沱之间，有嫡不以其媵备数，媵遇劳而无怨，嫡亦自悔也。”这段话，实嫌离题太远。焦延寿底《易林》上说：“南国少子，才略美好，求我长女，厌薄不与，反得丑恶，后乃大悔……”颇近情理。但他以南国少子底岳父，作本诗底主人，又觉太偏于客观。所以不如直捷地按照文义，从我底解说较为简便一些。原诗说：

江有汜。之子归，不我以，不我以；其后也悔！
江有渚。之子归，不我与，不我与；其后也处。
江有沱。之子归，不我过，不我过；其啸也歌！

“其后也悔”“其啸也歌”，是一种同情之悲愤，决不是因伊“不我以”“不我与”“不我过”，就向伊出幸灾乐祸之言。唯其见其所求之人，嫁与一个丑恶的男子，弄得后悔无及，不得不处，处而芳心抑郁，以致发狂而仰天啸歌；这时，他自己仍是度[①]着失恋的生活，见伊狼狈如此，也就禁不住地大发起牢骚来了。

① 整理者按：原书误作“渡”。

三 《邶风》

《邶风》之诗，共十九篇。其中关系妇女问题的，有《柏舟》《绿衣》《燕燕》《日月》《终风》《凯风》《雄雉》《匏有苦叶》《谷风》《泉水》《静女》《新台》十二篇。《毛诗序》以《绿衣》《日月》《终风》三诗均为卫庄姜伤己之作；又以《燕燕》为卫庄姜送归妾之作；以《雄雉》为刺卫宣公淫乱，不恤国事，军旅数起，大夫久役，男女怨旷，国人患之而作；以《匏有苦叶》为刺卫宣公与夫人并为淫乱之作；以《新台》为刺卫宣公纳伋之妻，作新台于河上而要之，国人恶之而作。没有指其人的，只有《柏舟》《凯风》《谷风》《泉水》四诗。其实，除《燕燕》有“先君之思，以勖寡人”,《泉水》有“娈彼诸姬，聊与之谋……遄臻于卫，不瑕有害……”,《新台》有新台等，可以拿历史观念去曲解以外，其余各诗，却无论如何也寻不出和历史事实上生关系之所在。现在且依各诗大旨，区别种类如下：

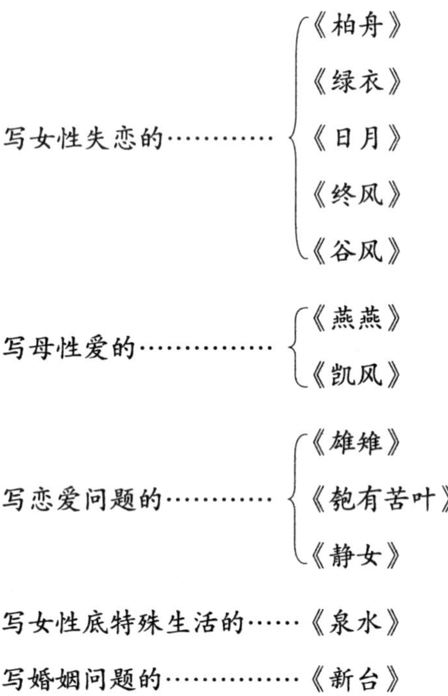

《毛诗序》谓《柏舟》为仁而不遇之诗。他并且指定是“卫顷公之时，仁人不遇，小人在侧”。《鲁诗》和《列女传》都说：“卫宣夫人者，齐侯之女，嫁入卫，至城门而卫君死。保母曰：可以反矣。女不听，遂入持三年之丧。毕。弟立请曰：卫小国也，不容二庖，请同庖。女不听，卫愬于齐。齐兄弟使人告女，女作此诗。”

此说按诸诗义，似属可通。然依情理说来，如入持三年之丧和不应同庖等事，似觉无甚意味。况征诸历史，卫国并无两位宣姜，宣姜本是一位很放荡的人——《诗古微》谓为“烝淫之人”——决无这种守节等事。所以最好，还是当作描写一位普通失恋妇女底作品。《柏舟》原文如下：

泛彼柏舟，亦泛其流；耿耿不寐，如有隐忧；微我无酒，以敖以游。

我心匪鉴，不可以茹；亦有兄弟，不可以据；薄言往愬，逢彼之怒。

我心匪石，不可转也；我心匪席，不可卷也；威仪棣棣，不可选也。

忧心悄悄，愠于群小，觏闵既多，受侮不少，静言思之，寤辟有摽。

日居月诸，胡迭而微？心之忧矣，如匪澣衣；静言思之，不能奋飞！

第一章写伊失恋底痛感；第二章先表明自己心迹，复言伊有哥弟，但都和伊感情不好，去找他们，也是无用；第三章言伊主意拿定，随便谁说，也不可委屈求全，再向丈夫乞怜和好，并且说自己一点过处都没有，谁也不能派伊一点错处；第四章想起挑拨伊们夫妇间恶感的那些坏东西，又想起伊受伊丈夫底那些虐待，只有拊心长叹而已；末章怨恨日月转得太慢，忧郁极了，又想远走高飞，脱离伊底旧环境，这是一位思想自由的女子呀！

《绿衣》《日月》底大义，和《柏舟》颇相近，不过这两位妇人，没有《柏舟》妇人底那样思想自由就是了。

《绿衣》诗：

绿兮！衣兮！绿衣黄里；心之忧矣，曷维其已？

绿兮！衣兮！绿衣黄裳；心之忧矣，曷维其亡？

绿兮！丝兮！女所治兮；我思古人，俾无訧兮！

絺兮！绤兮！凄其以风；我思古人，实获我心。

《日月》诗：

日居月诸！照临下土；乃如之人兮！逝不古处；胡能有定，宁不我顾？

日居月诸！下上是冒；乃如之人兮！逝不相好；胡能有定，宁不我报？

日居月诸！出自东方；乃如之人兮！德音无良；胡能有定，俾也可忘！

日居月诸！东方自出；父兮母兮！畜我不卒；胡能有定，报我不述！

两诗主人，共同底短所，就是只知客观地怨恨对手方，而不能决定自己人格的前途。如此也罢，而《绿衣》之诗，反借着古人，来排解自己;《日月》之诗，还希冀对手方万一之回转；假爱情、假道德观念，真是把伊误死，伊们还不觉悟呢。你看没良心的《日月》主人底丈夫，不爱伊了，就随便弃伊而去，真真岂有此理?

《终风》妇人，所受的苦痛，较《绿衣》《日月》为更大了。且看：

终风且暴，顾我则笑，谑浪笑敖；中心是悼！
终风且霾，惠然肯来，莫往莫来；悠悠我思！
终风且曀，不日有曀；寤言不寐，愿言则嚏！
曀曀其阴，虺虺其雷；寤言不寐，愿言则怀！

碰着丈夫，是这种狂暴蛮横的东西，有知识的女子，真是一天也难过。何况他还无理性地侮辱女子人格？然而《终风》太太，却一点也不会抗议，只是说不出道不出的忍受着，可怜呀！

《谷风》一诗，《毛诗序》谓："刺夫妇失道也。卫人化其上淫于新婚，而弃其旧室，夫妇离绝，国俗败伤焉。"其原诗：

习习谷风，以阴以雨，黾勉同心！不宜有怒，
采葑采菲，无以下体，德音莫违，及尔同死。

行道迟迟，中心有违！不远伊迩，薄送我畿；
谁谓荼苦？其甘如荠；宴尔新昏，如兄如弟。

泾以渭浊，湜湜其沚；宴尔新昏，不我屑以。
毋逝我梁！毋发我笱！我躬不阅，遑恤我后？

就其深矣，方之舟之，就其浅矣，泳之游之；
何有何亡，黾勉求之；凡民有丧，匍匐救之！

不我能慉，反以我为雠！既阻我德，贾用不售，
昔育恐育鞫，及尔颠覆，既生既育，比予于毒。

我有旨蓄，亦以御冬；宴尔新昏，以我御穷；
有洸有溃，既诒我肄；不念昔者，伊余来塈。

首章责难伊底丈夫，不当如彼待伊；次章叙述伊丈夫弃伊底情形，并言己之被弃和伊夫重得新偶底一苦一乐；第三章述伊夫厌故喜新，忽又言自己不必多管闲事；第四章追述伊治家处邻之过去优德；第五章则谓自己虽有种种好处，而仍不能得其夫底同情；末章谓伊丈夫在穷困时爱伊，现在竟至弃绝伊了，得新忘旧，伊空费一场劳苦，未享丝毫人生幸福，时怨时慕，时泣时诉，虽有觉悟之情，而无向伊丈夫提出抗议之决心。其实，弃妻再娶，律有专条；男子既能无良于先，女子为何不能无情于后？而伊当时竟不出此，由此可见中国古代妇女被压迫而不得申雪是怎么样的惨状了。

《燕燕》一诗，在《毛诗》谓为“卫庄姜送归妾也”。《史

记》上说这诗，是“卫庄姜送完妇大归也，陈妫之娣戴妫，生子完而母死，庄公命庄姜子之。嗣立为桓公，州吁弑之，故送完妇大归于薛”。《列女传》卷一：“卫姑定姜者，卫定公之夫人，公子之母也。公子既娶而死，其妇无子；毕三年之丧，定姜归，其妇自送之至于野，恩爱哀思，悲心感动，立而望之，挥泣垂涕，乃赋诗曰：燕燕于飞……”又和前二说不同了。这几种说法，都是历史的附会，孰是孰非，我们不能胡乱判断，因为无根据，就是判断了，仍旧是不免附会。所以我现在想一个不要根据历史的解说[①]，把彼解作写寡母送女出嫁底一篇抒情诗，既无大病，还能有些趣味。

我们先读原诗看：

燕燕于飞，差池其羽；之子于归，远送于野；
瞻望弗及，泣涕如雨。

燕燕于飞，颉之颃之；之子于归，远于将之；
瞻望弗及，伫立以泣。

燕燕于飞，下上其音；之子于归，远送于南；
瞻望弗及，实劳我心。

仲氏任只，其心塞渊；终温且惠，淑慎其身；
先君之思，以勖寡人。

---

① 整理者按：原书误作“非历史的解说”。

全诗四章，首三章意义相同。连赋“燕燕于飞”云云者，就是看了燕子纷飞，想起当时老燕喂小燕底劬劳，而今竟至纷纷飞去了。寡母送女出嫁，其情正复类此，怎能不倍加悲伤？第四章说：“仲氏任只，其心塞渊。”这“仲氏”二字，实不必解作戴妫之字，解作伊女底夫家之嫂，最为妥当。想必[①]伊女夫家之嫂，早娶几年，管理家务，得其家庭信任，所以才说：“仲氏任只，其心塞渊。”这样，必须有对待之方才好，所以伊叮嘱其女：“终温且惠，淑慎其身。”如此，就可以免得惹出是非来了。说着，又想起伊底亡夫了！伊想亡夫死时，是怎么样嘱咐自己的呀！

若是女儿出嫁，到婆家能落得个无是无非，那自己底心愿已偿，也就对得起亡夫于九泉之下了。这篇诗，若照如此解法，不但文义妥当，还可以表现出一片热烈真挚的母性爱。

还有《凯风》，也是描写母性爱的，而《毛序》偏说：“《凯风》，美孝子也。卫之淫风流行。虽有七子之母，犹不能安其室；故美七子能尽其孝道，以慰其母心，而成其志尔。”这种谬论，不但是信口胡说，毫无根据，而且还大大地侮辱母性，实在荒谬已极。三家诗，谓这诗是：“美孝子也。七子不同母，母爱不均，七子自责，母遂感悟，化为慈母，故诗

① 整理者按：原书误作“比”。

人美之。”这种意义，还近情理。后汉江肱事继母，感《凯风》之义，兄弟同枕而寝，不入房室，以慰母心底故事，也可以作当时解《凯风》，绝无如《毛诗》荒谬底证明。其实，《凯风》四章，除第二章内，带主观的人子自责意味以外，其余各章，全是客观地描写慈母之爱的。一位老太婆，有了七个儿子，还不能赚钱给伊吃饭，还须终日劳动，这真是母性底人生不幸呀！然而为母亲的，并不怨恨伊儿子一点，也不去控伊儿子们忤逆不孝，真所谓慈母之爱，天高地厚呀！读者试按原诗一读，就知我底愚见，是怎么样的了。《凯风》原诗说：

凯风自南，吹彼棘心；棘心夭夭，母氏劬劳。
凯风自南，吹彼棘薪；母氏圣善，我无令人。
爰有寒泉，在浚之下；有子七人，母氏劳苦。
睍睆黄鸟，载好其音；有子七人，莫慰母心。

第三类底《雄雉》一诗，是完全抒写女性思恋男性的，就是妇人在家，想念伊出外谋生底丈夫的，原文是：

雄雉于飞，泄泄其羽；我之怀矣，自诒伊阻。
雄雉于飞，下上其音；展矣君子，实劳我心！
瞻彼日月，悠悠我思；道之云远，曷云能来？

百尔君子，不知德行；不忮不求，何用不臧？

中国底民族性，男子在外，可以性欲自由，而且也是公然的事。女子在家就不然了。所以伊们对于丈夫底想念，是专门而又专诚的事。思之来，自然欢喜无量；即思之不来，亦只有恐劳伤心而已。最多，也不过如本诗末章，抱怨几句，绝不能有什么轨外行动。若是办到这一步，不用说，就能得社会上底一个封号“贤良妇人”。

《邶风》中，纯粹描写两性相互恋爱的，有《匏有苦叶》《静女》两诗。但两诗底立场又各不同。《匏有苦叶》一诗，除末章外，通篇都是客观地陈述理论之词;《静女》就全部是男对女底主观的热恋之词了。《毛诗》对这两诗，一序:“《匏有苦叶》，刺卫宣公也。公与夫人，并为淫乱。”一序:“《静女》，刺时也。卫君无道，夫人无德”。显然指为同刺一人底讽刺诗。三家诗，又和《毛序》不同了。他们把这两诗之义，认为纯粹的象征派；所以说:“《匏有苦叶》，贤者感遇待时，不敢苟合也。”“《静女》，贤者及时思遇也。陈情欲以歌道义，故曰，爱而不见，搔首踟蹰，急时词也。”

这种解释，实在好笑。果然是贤者感遇思遇，那就简捷地发表政见，或者学孔丘先生，一车两马，向相当的地方，跑几转就是了。何必女腔女调的，在家里作诗？我以为最好不过，还是把彼解作男女恋爱之品。《匏有苦叶》全诗说:

匏有苦叶，济有深涉；深则厉，浅则揭。

有浟济盈，有鷕雉鸣；济盈不濡轨，雉鸣求其牡。

雝雝鸣雁，旭日始旦；士如归妻，迨冰未泮。

招招舟子，人涉卬否！人涉卬否！卬须我友。

首章是说男女交际底秘诀的，次章是说交际成熟，关于终身大事问题应当谁先开口的，第三章是说婚期问题的；第四章就归到本题，提出他期待他爱人底事情了。所以，这诗也算是一种恋爱的抒情诗。《静女》诗云：

静女其姝，俟我于城隅；爱而不见，搔首踟蹰。

静女其娈，贻我彤管；彤管有炜，说怿女美。

自牧归荑，洵美且异；匪女之为美，美人之贻。

这诗，表现男子痴情底表现力，和《关雎》不相上下，而较《关雎》更为天真。男性一钟情上了女性，不问对手方底美度如何，他总是精忠保国般地一意崇拜。

所以他底爱人，赠他一些彤管茅荑之物，他就如获异宝般地奉作一件至伟大的纪念品了。

《新台》一诗，若果依据《毛序》“《新台》，刺卫宣公也。

纳伋之妻，作新台于河上而要之，国人恶之，而作是诗也”底历史观念来解释，那真可算是中国婚姻史上底唯一丑事了。其实，一个国王，要想充满个人底性欲，任求如何美如何多的女色，也都是很容易办得到的；为何偏要娶他令郎底未婚妻作自己底小老婆呢？性欲问题，往往能违反一世和永久底舆论，牺牲一切名誉道德等等而不顾，这真是一桩神秘的事情呀！

这诗若是舍弃历史的观念，把“新台”解作一个不知所指的公用名词，也能显现出是一桩不良婚姻底结果，试看：

新台有泚，河水浵浵；燕婉之求，籧篨不鲜。
新台有洒，河水浼浼；燕婉之求，籧篨不殄。
鱼网之设，鸿则离之；燕婉之求，得此戚施。

全诗三章，首次两章底前二句，皆为写景，末章前两句，则为象征；各章后二句，完全都是发表真意，说求燕婉而反得籧篨之人，这大概是上了父母之命、媒妁之言底大当了罢，我这样解释，觉得比那迷信历史说者，更为公平妥适一些。

《泉水》，是描写女性生活上底一种特殊的程式的，《毛序》说：“《泉水》，卫女思归也。嫁于诸侯，父母终，思归宁而不得，故作是诗以自见也。”所以在《诗集传》《泉水》篇后，附上一段什么“杨氏曰，卫女思归，发乎情也；其卒也不归，止乎礼义也。圣人著之于经，以示后世，使知适异国者，父母终，无归宁之义，则能自克者知所处矣”。总算把《毛序》说得团而又圆了。其实，普通女子出嫁，并不禁止归宁，何以王公贵族之女，一嫁到异国就不准走娘家了呢？这真算一种特殊的礼义了。《泉水》原文如下：

毖彼泉水，亦流于淇；有怀于卫，靡日不思；娈彼诸姬，聊与之谋。

出宿于泲，饮饯于祢；女子有行，远父母兄弟，问我诸姑，遂及伯姊。

出宿于干，饮饯于言，载脂载舝，还车言迈；遄臻于卫，不瑕有害。

我思肥泉，兹之永叹；思须与漕，我心悠悠；驾言出游，以写我忧。

这幅情景，差不多要和《石头记》第十八回上所描写的元妃省父母底背影底意义相同了。这总算是中国女性生活上底一种奇异的程式。

一九二三·四·八·在黄桑峪养病中。

四 《鄘风》

《鄘风》选诗十篇，关于妇女问题的，有《柏舟》《墙有茨》《君子偕老》《桑中》《蝃蝀》《干旄》《载驰》七篇。其中，《干旄》一篇，《毛诗》说彼是美卫文公臣子好善的，如此就与妇女问题无干了。但我以为诗中明明有“彼姝者子”底文句，无论如何，决不能是说男子的，所以就把彼硬拉为妇女问题底作品了。此外还有《鹑之奔奔》，《毛诗说》是刺卫宣姜的;《相鼠》，《白虎通》说是妻谏夫之诗。其实，《鹑奔》“鹊疆”“无良”“为兄”等语句，并无指为宣姜之可能；至于鼠有皮，人无仪等言，更是纯粹的抽象话了。不但可以指为妻谏夫，就是指为臣谏君，亦无不可。所以，我觉得还是把彼迸诸女性范围之外，倒是好些。兹依七诗性质，表解如下：

写婚姻问题的{女子拒父母之命……《柏舟》
淑女遇恶夫…………《君子偕老》}

写丑恶家庭的…………………………《墙有茨》

写自由恋爱问题的……………………{《桑中》
《蝃蝀》}

写阔少诱惑女性的……………………《干旄》

写女性的特殊生活的…………………《载驰》

《毛诗序》《柏舟》说："共姜自誓也，卫世子共伯蚤死，其妻守义，父母欲夺而嫁之，誓而弗许，故作是诗以绝之。"以这诗意，和这事实相较，还觉可通；但这件事实，却太不合事底背影了。试想，一个贵族底小寡妇，为名节——当时的——问题，为生活问题，为地位问题，伊底老子，无论如何蠢，决没有欲伊再醮之理。况共姜这段事实，又没有真实的证据，我们当然不能信以为真。我们还是丢开历史问题，研究诗底实质为是。《柏舟》之诗：

泛彼柏舟，在彼中河；髧彼两髦，实维我仪，之死矢靡他；母也天只！不谅人只！

泛彼柏舟，在彼河侧；髧彼两髦，实维我特，之死矢靡慝；母也天只！不谅人只！

这明明是一篇写普通一位女子对于父母之命的婚姻，提出严重抗议的。前后两章，语意全同。首二句，和《邶风》底泛柏舟一样。次两句是说自己底青春年少，应得相当的匹偶；现在娘老子，竟利令智昏地代自己主张嫁与一个不相当的男人，真真岂有此理！“母也天只”两言底意思，就是说：“哼！母亲就算是天公奶奶罢！你既能不谅我底苦衷，不顾我底幸福，那我就能不依你底命令。”伊底最后手段，就是“之死矢靡慝”。

《墙有茨》，是一篇攻击恶德家庭底作品。《毛序》“卫人刺其上也，公子顽通乎君母，国人疾之，而不可道也”底话殊无根据。所以倒不如直捷了当地按照诗文本义，解作一个描写恶家庭之诗为最好。诗文是：

墙有茨，不可埽也；中冓之言，不可道也！所可道也，言之丑也。

墙有茨，不可襄也；中冓之言，不可详也！所可详也，言之长也。

墙有茨，不可束也；中冓之言，不可读也！所可读也，言之辱也。

依文义看，这诗之背影所写的恶德家庭，还是和这诗底作者，很有关系的；不然，就不能像这样的沉痛了。

《君子偕老》一诗《毛诗》谓为“刺卫夫人也；夫人淫乱失事君子之道，故陈人君之德，服饰之盛，宜与君子偕老也”。这种说法，可以说是驴唇不对马嘴。《韩诗》说是：“哀贤夫人也。”意义倒觉平妥。试读：

君子偕老，副笄六珈；委委佗佗，如山如河，
象服是宜，子之不淑，云如之何？

玼兮玼兮，其之翟也；鬒发如云，不屑髢也；
玉之瑱也，象之揥也，扬且之皙也；胡然而天也？
胡然而帝也？

瑳兮瑳兮，其之展也；蒙彼绉絺，是绁袢也；
子之清扬，扬且之颜也；展如之人兮，邦之媛也。

各章所列的服饰，都是为赞扬女主人底优美而设的；至第二、第三章，就并伊底皮肤美也说出了。首章之末，说子之不淑，云如之何，就是说这样的优美妇女，而遇不淑的丈夫，可如何哉！次章末言胡然而天帝，三章末言邦之媛也，这就是愈把主人公底伊说得像天神一样，其实简直是倾城倾国了。

《鄘风》中，言自由恋爱底诗，有《桑中》《蝃蝀》二篇。但二诗底内容，又不相同：《桑中》是说一贵族之女和人恋爱的，《蝃蝀》就是对于和人自由恋爱的女子，施以大攻击而特

攻击的言词的了。《毛诗序》《桑中》说："《桑中》刺奔也。卫之公室淫乱，男女相奔，至于世族在位，相窃妻妾，期于幽远；政散民流，而不可止。"在毛公之意，这种公室淫乱底现象，总算是很稀罕的问题。其实不然，这就是毛氏不了解贵族生活内容底错误。在物质方面，大概生活愈优越，但底行为就愈不堪过问。我们不是贵族，对于贵族生活，固然没有经验；但我在日本时，曾屡次看见报纸上载着某某贵族（什么爵位）底女儿，跟着汽车夫逃跑底事实。有好多朋友，对这事怀疑，我却毫不为怪；因为我深信生活优越的人不见得就能行为高尚。况且贵族之女，社交多不能自由，偶然遇着一个机会，并且能发泄性欲；实行跟着男人逃跑，这有什么奇怪？《桑中》说：

爰采唐矣，沫之乡矣；云谁之思？美孟姜矣；
期我乎桑中，要我乎上宫，送我乎淇之上矣。
爰采麦矣，沫之北矣；云谁之思？美孟弋矣；
期我乎桑中，要我乎上宫，送我乎淇之上矣。
爰采葑矣，沫之东矣；云谁之思？美孟庸矣；
期我乎桑中，要我乎上宫，送我乎淇之上矣。

从这诗中，还可以见出一种恋爱问题与阶级问题底关系来。大概女性总偏于热爱方面者多，伊只要定情于一人，就不问其对手方之阶级如何，而惟爱情之相系。有人说：这是男女不平等和女性对男性不能社交公开等种种环象相逼而然的，若是男女一样，恐怕女对男之关系，也就不能这样了。我以为这也是一种说法，但我们总觉得，女性底富于热爱，的确是男性所不及，这大约又是生理的关系了。如本诗所述的美孟，身虽生活于贵族之家，然而为爱底问题，却能不惜玉趾，与伊爱人周旋悠游于桑中上宫等处，而且也毫不觉得有什么降格屈驾，这是何等自然？但在男子，就有不自然的现象了。试看他口中流露的美孟，“期我乎”“要我乎”和“送我乎”等字样，就颇有受宠若惊的样子了。

《蝃蝀》，《毛序》：“止奔也，卫文公能以道化其民，淫奔之耻，国人不齿也。”《韩诗》：“刺奔女也。”《毛序》之言，是否属实，我们且不管他。总之，攻击自由恋爱，这是毫无疑义的了。《蝃蝀》原诗说：

蝃蝀在东，莫之敢指；女子有行，远父母兄弟。
朝隮于西，崇朝其雨；女子有行，远兄弟父母。
乃如之人也，怀昏姻也，大无信也，不知命也。

首章以《蝃蝀》象征，谓人无敢指者，可见佢对于自由恋爱底心理了。至于女子有行，应当远父母兄弟底论理，更属可笑；不远父母兄弟，又有什么不可？末章说这样的人而怀疑昏姻，是大不信任父母之命，媒妁之言，并且也是不知人生底命运。好笑！

《干旄》，是写一个无聊的阔少，去向一位彼姝者子，夸耀而欲有所要求的。所以说：

　　孑孑干旄，在浚之郊，素丝纰之，良马四之；
彼姝者子，何以畀之？
　　孑孑干旟，在浚之都，素丝组之，良马五之；
彼姝者子，何以予之？
　　孑孑干旌，在浚之城，素丝祝之，良马六之；
彼姝者子，何以告之？

在这一位阔公子，以为自家坐着这样阔气的车子，彼姝者子，对于他，一定要“有所畀”“有所予”“有所告”了；其实，倒不尽然，稍有见识的女子，也许没有眼去睬这种不知爱情为何物的肉食者鄙的饭桶的呢。

《载驰》，和《邶风》中底《泉水》，性质相仿，都是写贵女出嫁之后，不得归宁的。《毛序》：“《载驰》，许穆夫人作也，闵其宗国颠覆，自伤不能救也。卫懿公为狄人所灭，国人分散，露于漕邑；许穆夫人，闵卫之亡，伤许之小，力不能救，思归唁其兄，又义不得，故赋是诗也。”可见为一个莫明其妙的“义”字，女人底行动自由完全被彼限制住了。试看：

载驰载驱，归唁卫侯，驱马悠悠，言至于漕；大夫跋涉，我心则忧。

既不我嘉，不能旋反，视尔不臧，我思不远；既不我嘉，不能旋济，视尔不臧，我思不閟。

陟彼阿丘，言采其蝱，女子善怀，亦各有行；许人尤之，众稚且狂。

我行其野，芃芃其麦，控于大邦，谁因谁[①]极？大夫君子，无我有尤！百尔所思，不如我所之。

其实，限制伊者，并非大夫口中之义，和一般社会底舆论；而是伊自己力量微弱，不敢执着自己底意见。一方面想垂柔顺之仪型，一方面又有女子善怀，宜乎其大发牢骚不已也。

① 整理者按：原书误作“尔”。

五 《卫风》

《卫风》共十诗，中间有关妇女问题的，为《硕人》《氓》《竹竿》《河广》《伯兮》《有狐》《木瓜》七篇。《伯兮》一诗，《毛序》谓为“刺时也，言君子行役，为王前驱，过时而不反焉”。他这说法，就是不知本诗作者之立场底原故。照本诗文义上看，作者是行役君子底夫人。因为在《国风》中，凡是“伯叔”和“仲子”等名词，多是女对男底称谓——如“将仲子兮”“叔兮伯兮”“倡予和汝”等是。并且，本诗底第二章，所说的“自伯之东，首如飞蓬，岂无膏沐？谁适为容”这一段话，明明是女为悦己者容的背影，万不能是男性底事情。所以我以彼为妇女思征夫底作品。还有《木瓜》一诗，《毛诗序》说是“美齐桓公也”。我觉得以本诗之义，也不如当作是一篇男女恋爱之诗为好。

现在先把我认为有关妇女问题各诗依类列表如下：

写贵妇人底女性美的……《硕人》

写女性失恋的……………《氓》

写恋爱问题的…………{《伯兮》《木瓜》}

写女性底特殊生活的…{《竹竿》《河广》}

写再醮问题的……………《有狐》

《硕人》一诗，依《列女传》所说，是："庄姜之傅作也。庄姜始嫁，操行衰惰，淫佚冶容。傅母论之，乃作《硕人》之诗。砥砺女以高节，以为家世尊荣，当为世法则，姿质聪达，当为人表式；徒修仪貌，饰舆马，是不贵德也。女遂感而自修……"依《毛诗序》所说是："闵庄姜也。庄公惑于嬖妾，使骄上僭，庄姜贤而不答，终以无子，国人闵而忧之。"两说同以庄姜为对象，而所说的作者立场，则大有不同。现在我们可以把作者丢开不提，单就本诗对象说话，若果首章所述的戚党关系，确系指那一位美而无子的庄姜，那么，这贵妇人的庄姜底女性美，总算被这一位大手笔的诗人描写得十分充足了。试看：

硕人其颀，衣锦褧衣；齐侯之子，卫侯之妻，

东宫之妹，邢侯之姨，谭公维私。

手如柔荑，肤如凝脂，领如蝤蛴，齿如瓠犀，螓首蛾眉；巧笑倩兮！美目盼兮！

硕人敖敖，说于农郊，四牡有骄，朱幩镳镳，翟茀以朝；大夫夙退，无使君劳！

河水洋洋，北流活活，施罛涉涉，鳣鲔发发，葭菼揭揭，庶姜孽孽，庶士有朅。

首章是写伊履历底伟大的，次章是写伊玉体底优美的，三、四两章，就并伊底地位环境，都描写出来了。

《氓》，《毛诗序》说是："刺时也，宣公之时，礼义消亡，淫风大行，男女无别，遂相奔诱，华落色衰，复相弃背；或乃困而自悔，丧其妃耦，故序其事以风焉；美反正，刺淫泆也。"照本诗意义上看，辟初发生恋爱关系底时候，为男女两相情愿，这是不错的；但以后反目了，全是男性厌弃女性的；老毛说是复相弃背，这未免冤枉女性方面了。《氓》之全文说：

氓之蚩蚩，抱布贸丝，匪来贸丝，来即我谋；送子涉淇，至于顿丘，匪我愆期，子无良媒；将子无怒！秋以为期。

乘彼垝垣，以望复关；不见复关，泣涕涟涟，既见复关，载笑载言；尔卜尔筮，体无咎言，以尔车来！以我贿迁。

桑之未落，其叶沃若；于嗟鸠兮！无食桑葚，于嗟女兮！无与士耽；士之耽兮，犹可说也！女之耽兮，不可说也！

桑之落矣，其黄而陨，自我徂尔，三岁食贫；淇水汤汤，渐车帷裳，女也不爽，士贰其行！士也罔极，二三其德！

三岁为妇，靡室劳矣！夙兴夜寐，靡有朝矣！言既遂矣！至于暴矣！兄弟不知，咥其笑矣！静言思之，躬自悼矣！

及尔偕老，老使我怨！淇则有岸，隰则有泮，总角之宴，言笑晏晏，信誓旦旦；不思其反，反是不思，亦已焉哉！

由第一章看来，开始发生恋爱关系之时，已见出不好的现象；但第二章，伊仍不知觉悟，以满腔热爱倾注于彼蚩蚩之氓，甚至并伊自己所有体已都倒贴的捧送与人，使彼一车载去，以求爱情之圆满；其实爱情决不是物质代价可以买得来的呀！看第三章底桑喻，伊是大有觉悟了，然而木已成舟，此时悔之已晚。第四、第五两章，是伊深尝痛苦之后，言虽任如何劳瘁，亦不能落得好下场；时而叙己之长，时而抱怨所天：并谓如此下场，虽同胞兄弟，也不能见谅，还要咥其笑矣，真真痛煞人也！末章谓，偕老之梦，不但做不成，反要老使我怨。所以思想起当初之“言笑晏晏，信誓旦旦”，而今全归泡影！伊之情场失意的狼狈状态，至此活活显出，千古之下，当与同声痛哭也！

《竹竿》《河广》二诗，在文义上，完全都是妇女思归的，但依《毛诗序》所说，其所思归的对象，就大不相同了。《竹竿》序：“卫女思归也，适异国而不见答，思而能以礼者也。”《河广》序：“宋襄公母归于卫，思而不止，故作是诗也。”二诗原文如下：

《竹竿》诗是：

籊籊竹竿，以钓于淇；岂不尔思，远莫致之。
泉源在左，淇水在右；女子有行，远兄弟父母。
淇水在右，泉源在左；巧笑之瑳，佩玉之傩。
淇水悠悠，桧楫松舟；驾言出游，以写我忧。

《河广》诗是：

谁谓河广？一苇杭之！谁谓宋远？跂予望之！
谁谓河广？曾不容刀！谁谓宋远？曾不崇朝！

《竹竿》和《邶风》底《泉水》和《鄘风》底《载驰》，

大意相同，不过是为着礼义等抽象之物所拘束，而不能如愿以归。《河广》一诗，若《毛诗》所言不差，那女性生活上可有一种更特殊的意义了。女子被出而大归，即已身所出之子做了国王，自己还是不能回家，这真是一种奇谈！我觉得除非是礼义之邦的古代中国社会，才会有这等有趣之事。

《伯兮》底意义，前已说过，兹将诗文录下：

伯兮朅兮！邦之桀兮！伯也执殳，为王前驱。
自伯之东，首如飞蓬，岂无膏沐？谁适为容！
其雨其雨，杲杲出日；愿言思伯，甘心首疾。
焉得谖草，言树之背；愿言思伯，使我心痗。

这诗底意趣，最堪玩味。首章是叙述伊征东大将的丈夫底资格的。次章所言，就表示出伊对伊丈夫热爱了。三、四两章底“愿言思伯，甘心首疾”“愿言思伯，使我心痗”，真能十足地把女人家底爱情病暴露出来呀！所谓要想不相思，只有想不思，就是这种意义了。

《毛诗序》谓：“《有狐》，刺时也。卫之男女失时，丧其妃耦焉。古者，国有凶荒，则杀礼，而多昏会男女之无夫家者，所以育人民也。”因而，《诗集传》就说：“国乱民散，丧其妃耦，有寡妇见鳏夫而欲嫁之，故托言有狐独行，而忧其无裳也。”

依三家诗所说:“《有狐》,闵穷民也。在位君子,忧民饥寒,而图其衣食焉。”照诗义上说,三家诗所言似较近理。但妇女再醮一事,在中国古代婚姻史上,是一种重大的问题;就算这诗所述,与本题无关,而毛公所提的再醮问题,也很有研究的价值呀!所以我就不管诗文如何,而承认本诗为描写妇女再醮问题的了。原诗如下:

有狐绥绥,在彼淇梁;心之忧矣,之子无裳。
有狐绥绥,在彼淇厉;心之忧矣,之子无带。
有狐绥绥,在彼淇侧;心之忧矣,之子无服。

《木瓜》,纯粹是一种男女恋爱诗。所谓木瓜、琼琚等物,并非实指其物,而是代表爱情轻重的象征作用。这话,细玩诗文就可以了然了。《木瓜》诗文:

投我以木瓜,报之以琼琚,匪报也,永以为好也。

投我以木桃,报之以琼瑶,匪报也,永以为好也。

投我以木李,报之以琼玖,匪报也,永以为好也。

依爱情原理，解释本诗，意义非常有趣；假若照老毛“美齐桓公也，卫败于狄，出处于漕，齐桓公救而封之，遗以车马器服，卫人得之，而作是诗”底历史观念去曲解，那可就嚼蜡无味也。

六 《王风》

依《郑谱》三家诗底次序，《王风》是当列在国风之末的；他们底理由，就是“《诗》亡然后《春秋》”作底《诗经》史问题。我们对这问题，本无如何成见，而且现在又不是做考据的工作，所以依旧地和《毛诗》一样，把彼列在《卫风》之后——这并不是拥毛呀。

《王风》列诗十篇，其中关于妇女问题的，恰好有二分之一，就是《君子于役》《君子阳阳》《中谷有蓷》以及《采葛》和《大车》。依《毛序》，《君子于役》《君子阳阳》和《采葛》三诗，都与女性无关，但照本诗文义看来，却是大不其然，我们详细研究，即可了然了。

兹先列表于下：

写恋爱问题的
- 妇女思征夫……《君子于役》
- 两性和谐………《君子阳阳》
- 相思……………《采葛》
- 抒情……………《大车》

写贫女生活痛苦的………………《中谷有蓷》

《君子于役》,《毛诗序》说:“刺平王也,君子行役无期度,大夫思其危难以风焉。”这是以本诗为大夫所作了。其实,本诗全文意义,显然系一妇女渴念伊行役在外的丈夫底叹声,任何大夫都做不出这种作品来,这是我们应当了解的。我们试读诗文罢:

君子于役,不知其期,曷至哉!鸡栖于埘,日之夕矣,羊牛下来;君子于役,如之何勿思?

君子于役,不日不月,曷其有佸?鸡栖于桀,日之夕矣,羊牛下括;君子于役,苟无饥渴?

诗中底语句,有多么诚恳热切?什么大夫,能吐出这等热意来?世间又哪里有这样女性的大夫?

《君子阳阳》,《毛序》说是:“闵周也,君子遭乱,相招为禄仕,全身远害而已。”其实,就是这几句话,已竟不通之至了。还不如老朱所说“此诗疑亦前篇妇人所作,盖其夫既归，不以行役为劳，而安于贫贱以自乐”底一派怀疑话稍近情理呢。请看：

> 君子阳阳，左执簧，右招我由房；其乐只且！
> 君子陶陶，左执翱，右招我由敖；其乐只且！

这不是伊底丈夫归家，和伊共享幸福，闲来无事，相与歌舞自娱底一段情爱和谐的记事么？至于朱老先生所疑的亦为前篇妇人所作，那当然是无稽之谈。然而无论如何，也拉不上什么“闵周也”呀。

《中谷有蓷》一诗，写古代女性底生活地位，最为真切。女贱男贵自古已然。

女性无生活独立底能力，而智识又劣于男性远甚，所以女性处处都要受男性支配了。在小康以上的生活环境里，女性所承受者，还只是精神上不平等的痛苦；若是贫穷之家，那可就连物质上的痛苦都要压迫下来了。吃的不能和男性一样饱，着的不能和男性一样暖，而劳动方面，却偏须超过男性数倍以上。若是丈夫是个有良心而安分的人，那还过得去；倘然碰到吃着嫖赌不事生产而性情粗暴的丈夫，那可就不好说了。一切生活责任，都须女人负担，设若男人一不顺意，立时就拿最野蛮的手段对付伊。可怜！以此直接间接被压迫而死的女子，古今真不知有多少呢。

试读本诗全文：

中谷有蓷，暵其干矣；有女仳离，嘅其叹矣！嘅其叹矣！遇人之艰难矣！

中谷有蓷，暵其脩矣；有女仳离，条其歗矣！条其歗矣！遇人之不淑矣！

中谷有蓷，暵其湿矣；有女仳离，啜其泣矣！啜其泣矣！何嗟及矣！

“暵干”“暵脩”“暵湿”等，都是拿枯朽的植物，作被压迫几至死亡的妇女底象征的。首章底嘅叹，次章底条歗，三章底啜泣，都是反覆言之的。然而在女性方面，无论受如何压迫，最多也不过是“嘅叹”“条歗”“啜泣”而已，绝无丝毫之法去对待。看伊底语气，只是一则曰“遇人之艰难矣”；再则曰“遇人之不淑矣”；末则曰“何嗟及矣”。如此而已，如此而已。一点抗议底话也没有，别说女对男底革命了！可怜呀！千古被压迫的女子！

《采葛》，《毛诗序》说是：“惧谗也。”这种话，简直是闭着眼睛乱说的。请看：

彼采葛兮！一日不见，如三月兮！

彼采萧兮！一日不见，如三秋兮！

> 彼采艾兮！一日不见，如三岁矣！

这和惧谗问题究竟有什么关系？采葛、采萧、采艾，和采芣苢、采蘩、采蘋等意义差不多，完全是女性生活底工作。至于一日不见，能有如三月、三秋、三岁之隔，这除非是男女恋爱间，才会有如此相思底热念。后世一般社会，常借用于朋友交际间，这简直是无病呻吟，毫无意味了。

《大车》,《毛诗序》说是:“刺周大夫也，礼义陵迟，男女淫奔，故陈古以刺今，大夫不能听男女之讼焉。”这种见解，很是曲迂。试问大夫不能听男女之讼，和本诗全文有什么关系?《列女传》卷四“息君夫人节”谓:

> 夫人者，息君之夫人也。楚伐息，破之；虏其君，使守门，将妻其夫人而纳之于宫。楚王出游，夫人遂出见息君，谓之曰：人生要一死而已，何至自苦！妾无须臾而忘君也，终不以身更贰醮；生离于地上，岂如死归于地下哉！乃作诗曰：穀则异室，死则同穴，谓予不信，有如皦日！息君止之，夫人不听，遂自杀；息君亦自杀，同日俱死。楚王贤其夫人守节有义，乃以诸侯之礼，合而葬之。君子谓夫人说于行善，故序之于诗……

因而有人就指这诗完全为写息夫人之作了。实际，照本诗末章看，或者不免有彼此适相吻合之处；但前二章，就没法曲解了。所以，我们最好还是放弃历史的观念，把彼解作男女底爱情诗，请读诗文看：

大车槛槛，毳衣如菼；岂不尔思？畏子不敢！

大车啍啍，毳衣如璊；岂不尔思？畏子不奔！

穀则异室，死则同穴；谓予不信，有如皦日！

照一二两章底“岂不尔思”“畏子不敢”“畏子不奔”说，大概伊还是个有夫之妇。尔是伊底新恋人，子就是伊底本夫；因为“子”字，在古书上，是常用作第三身代名词的——而且多是用在应当格外尊重之人底第三身代名词的。第三章云云，伊就和其新恋人，指天誓日了。若是和伊已成恋爱底爱人，断不会发出这种话头，而且已成好事，无其他阻碍者，也不必这样地说。正惟初恋，才易发生如此的情话。

七 《郑风》

在《国风》中，描写女性问题的，总算以《郑风》为最充分了——全风二十一篇里竟有十六篇之多——而且这十六诗中，又几全部都是男女恋爱诗。十六诗，就是:《将仲子》《遵大路》《女曰鸡鸣》《有女同车》《山有扶苏》《萚兮》《狡童》《褰裳》《丰》《东门之墠》《风雨》《子衿》《扬之水》《出其东门》《野有蔓草》《溱洧》。

这种认定，在《毛诗》可就通不过了。老毛认《郑风》和男女问题有关之诗，只有《鸡鸣》《丰》《东门之墠》《出其东门》《野有蔓草》《溱洧》六诗。《五经异义》，认《遵大路》《女曰鸡鸣》《有女同车》《丰》《东门之墠》《子衿》《出其东门》《野有蔓草》《溱洧》九诗，为有关于妇女问题，总算比《毛诗》开放得多了。但彼将《将仲子》《山有扶苏》《萚兮》《狡童》《褰裳》《风雨》《扬之水》七诗，迸诸男女问题范围之外，也是不明诗底真义。说不说的，还是老朱高明，他在

《诗集传》上，竟把我认定和男女问题有关的十六诗，先我完全而承认；不过他以这诗也为“淫者相谓”，以那诗也为“淫奔者之自叙”或“人见淫奔之女而作是诗”的，道学先生底狐说八道，也太觉令人讨厌了！现在逐一研究罢：

《将仲子》，《毛诗序》说是：“刺庄公也，弟叔失道而公弗制，祭仲谏而公弗听，故作是诗。”这又是拉着《春秋》狐纠缠了！其实，依本诗文义，绝无牵掣历史之可能。试读：

> 将仲子兮！无逾我里，无折我树杞；岂敢爱之？畏我父母！仲可怀也！父母之言，亦可畏也！
>
> 将仲子兮！无逾我墙，无折我树桑；岂敢爱之？畏我诸兄！仲可怀也！诸兄之言，亦可畏也！
>
> 将仲子兮！无逾我园，无折我树檀；岂敢爱之？畏人之多言！仲可怀也！人之多言，亦可畏也！

“仲子”就是女对男称“哥儿”底意思——老朱谓为男子之字，错了——就是说：“哥儿呀！你别逾我底里呀！别折我所树之杞呀……”很带一种羞涩娇喘而活泼多情的姿态，大约伊还是个天真未破的处子呢。

本诗三章构造相同，而章中意义最显曲折：“将仲子兮，无逾我……无折我树……”是一个意思；“岂敢爱之，畏我……”又是一个意思；“仲可怀也”，是一个意思；“……之言，亦可畏也”，又是一个意思。意思复杂，而情爱纯一，文法曲折，而语言婉转；这种结构，在《国风》中，算是最超等的作品了。

首章说是怕的父母之言，次章说是怕的兄弟之言，末章又说是怕的人之多言，一个至高尚纯洁的恋爱问题，竟有家庭社会种种障碍横亘于前，致使不能自由无阻呀！环境——道德，习惯，虚伪，嫉妒……——底势力！千古以来，就是如此的呀！

《遵大路》，《毛序》谓为：“思君子也，庄公失道，君子去之，国人思望焉。”实不如“……郑卫溱洧之间，群女出桑，故赠以诗曰：遵大路兮揽子祛，赠以芳华词甚妙……（《诗古微》引宋玉赋）”之说为近理。本诗说：

遵大路兮！掺执子之袪兮！无我恶兮！不寁故也。

遵大路兮！掺执子之手兮！无我魗兮！不寁好也。

《朱集传》，谓此为“淫妇为人所弃……”也是错了。既遵大路与其所爱执袪执手，决不至有淫妇被弃之事。所说“无我恶兮！不寁故也”云云，并不是反目之言，正惟感情浓腻，才可以说出这等嬉笑语言来。

《女曰鸡鸣》，毛公说是“刺不说德也，陈古义以刺今，不说德而好色也”，和本诗真义竟成反比了。本诗三章全是写夫妻感情浓厚底爱情写实诗，丝毫不带什么刺不悦德之意味。试思：

> 女曰：鸡鸣，士曰：昧旦；子兴视夜，明星有烂，将翱将翔，弋凫与雁。
>
> 弋言加之，与子宜之；宜言饮酒，与子偕老；琴瑟在御，莫不静好。
>
> 知子之来之，杂佩以赠之；知子之顺之，杂佩以问之；知子之好之，杂佩以报之。

这能是不悦德而好色么？首章表现夫妻间底宝爱时间，有多么戒慎？次三两章表现佢夫妻间底生活和乐，有多么幸福，多么情深悠爱？哪里倒有悦德不悦德底意味呀？

《有女同车》《山有扶苏》《萚兮》《狡童》四诗，《毛诗序》皆指为刺忽之作；而《诗古微》引《春秋传》，则又谓皆刺文公之诗。这种说法，不过都是拿历史的观念作根据的，其实不明文学和史学底界说，而流于附会穿凿，其所失正复相等；谁是谁非，更是无从说起了。

《有女同车》之诗说：

有女同车，颜如舜华，将翱将翔，佩玉琼琚；彼美孟姜，洵美且都。

有女同行[1]，颜如舜英，将翱将翔，佩玉将将；彼美孟姜，德音不忘。

本来，依姓氏底历史说，凡姜姓之女，皆可称姜；那么，本篇底孟姜，就不一定是某某所妻的齐姜了。非贵族而先祖为姜姓者之女，亦得称孟姜；所以本篇同车之女，或者是一位和他恋爱的普通女子，而被他捧为如何美如何好的美人者也未可知。

《山有扶苏》之诗说：

山有扶苏，隰有荷华；不见子都，乃见狂且！

山有桥松，隰有游龙；不见子充，乃见狡童！

伊来本是会伊所恋的子都、子充的美男子的，现在竟碰到这不相思的狂且狡童了。这样说，伊是绝对不爱这狂且狡童了，不然不然，女性底爱，是一元而同时又是多元的，伊们除却爱伊最钟爱的一元爱人外，其他凡是美度和伊所爱相等的，

① 整理者按：原书误作“车”。

伊们也是一样地爱着。女性口中底狂狡，并不完全含着深恶痛绝的拒绝情调，而实含着肉感挑动的泛爱成分。

《萚兮》之诗说：

> 萚兮！萚兮！风其吹女；叔兮！伯兮！倡予和女。
>
> 萚兮！萚兮！风其漂女；叔兮！伯兮！倡予要女。

这诗更加活泼而放情了。“叔”“伯”也是女对男底一种称呼——老朱错指为男子之字——由这称呼里，和伊所要请的倡和里，也可以见出两性间底深爱来——因为初恋者不会有此。

《狡童》之诗说：

> 彼狡童兮！不与我言兮！维子之故，使我不能餐兮！
>
> 彼狡童兮！不与我食兮！维子之故，使我不能息兮！

这是迈过热恋以后底情调了。写现在底“不与我言”“不与我食”，足见以前是饮食起居时时不离的了。维伊所爱，致使不能餐不能息，足见伊对其所爱之狡童者，并没有绝望，所以这诗只能算是一篇小小的失恋。

《褰裳》,《毛诗序》说是："思见正也，狡童恣行，国人思大国之正己也。"这种说法，可以说是不通之至。郑《笺》用《韩诗》之说谓："刺文公用申侯之言，背盟事楚也……"亦觉无甚意味。其实，本诗意义，显然是写一女子，对伊恋人下一个半真半假的警告的，伊说：

子惠思我，褰裳涉溱；子不我思，岂无他人？狂童之狂也且！

子惠思我，褰裳涉洧；子不我思，岂无他士？狂童之狂也且！

这篇诗完全是一种假定，并不是已然的事实。伊说：若是子惠思我，我就褰裳渡涉溱洧；若是子不我思，那么，俺还另有他人呢。这完全是玩笑话。"狂童之狂也且"一言是爱的诅咒，不是痛恶的拒绝。

《丰》,《毛诗序》说是："刺乱也，婚姻之道缺，阳倡而阴不和，男行而女不随。"实际和真义相差很远。试读原诗：

子之丰兮！俟我乎巷兮！悔予不送兮！

子之昌兮！俟我乎堂兮！悔予不将兮！

衣锦褧衣，裳锦褧裳，叔兮！伯兮！驾予与行！

裳锦褧裳，衣锦褧衣，叔兮！伯兮！驾予与归！

这全是佢们中间底感情关系，和乱不乱等不生问题。俟伊而伊所以不能送不能将者，一定是别有原因；伊之自悔，也只是悔的特别原因，意外是恐因此而伤了佢们中间底感情。所以末二章就反覆地说：叔兮伯兮，赶速驾予与行，驾予与归罢！伊这段话，就是恐怕再有其他原因，阻碍佢们底恋爱。

《毛诗序》谓："《东门之墠》，刺乱也。男女有不待礼而相奔者也。"但《韩诗章句》说："有践家室，为有靖家室；靖，善也。言东门之外，栗树之下，有善人可与成室家也。"郑《笺》谓此为"女望男来迎己之词"。韩郑之意，较之老毛，实在高明多了。

请看诗原文：

东门之墠，茹藘在坂；其室则迩，其人则远。

东门之栗，有践家室；岂不尔思？子不我即。

第一章底首两句为自然派的写景，次两句就是本题应有的写实了。伊之意以为伊所爱者之室虽近，但其人则远甚了，并非人不在家，是伛们中间底感情，不大好了。第二章意义，略同前章，但伊自己还要先占地步，所以说并不是我不想你，是你不到我这里来的呀。

《风雨》，毛韩都说是："思君子也，乱世则思君子不改其度焉。"其实，本诗真义，完全是一种恋爱的情调；风雨鸡鸣时之思君子者，不是男性的大丈夫，而是女性的佳人。所以，见了君子之后，伊底心情就不能不夷，不能不瘳，不能不喜了。诗文是：

风雨凄凄，鸡鸣喈喈；既见君子，云胡不夷？
风雨潇潇，鸡鸣胶胶；既见君子，云胡不瘳？
风雨如晦，鸡鸣不已；既见君子，云胡不喜？

《子衿》一诗，可以和《东门之墠》作一个相对的比例。《东门之墠》，是女人故意埋怨所爱的;《子衿》虽也埋怨，但其中就没有故意的意味了。看罢：

青青子衿，悠悠我心；纵我不往，子宁不嗣音？
青青子佩，悠悠我思；纵我不往，子宁不来？
挑兮！达兮！在城阙兮！一日不见，如三月兮！

《毛诗》和《韩诗》，都说这诗是“刺学校废也”，以相思的情诗，为刺什么学校废学校兴的，真真好笑！

《扬之水》，较诸《子衿》，又有一种加味了。《子衿》所表现的，只有无限的相思;《扬之水》又对伊所恋之人，推心置腹般地流露伊底纯爱。请看：

扬之水，不流束楚；终鲜兄弟，维予与女；无信人之言！人实诳女！

扬之水，不流束薪；终鲜兄弟，维予二人；无信人之言，人实不信！

我们由此，也可以味得出女性底爱的生命了罢！伊无兄弟，当然更没有其他亲爱伊底人了，所以把伊自己底全部生命都付诸所恋之人说：“终鲜兄弟，维予与女（维予二人）。”伊又害怕伊所爱，不能和伊自己一样地推心置腹来爱伊，所以又恳切地叮嘱道：“无信人之言！”“人实诳女！”“人实不信！”在这场合，伊之所恋，假如再要野马般地不诚心爱伊；我看，伊底前途，只有自杀。

《出其东门》，是写一个男子，相思他所爱的女子的。章中“如云如荼”等字，写复数的女性美，最有意致。本诗全文是：

出其东门，有女如云；虽则如云，匪我思存；
缟衣綦巾，聊乐我员。
出其闉阇，有女如荼；虽则如荼，匪我思且；
缟衣茹藘，聊可与娱。

缟衣綦巾，依朱子所说，是女服之贫贱者，依三家诗所说，是未嫁女所服，都还说得通。虽则如云如荼，而匪我所思之人，就是他所爱者，不是普通的美人，而是别有优美的情人。最末，才发表他底真意，原来是缟衣綦巾、缟衣茹藘者。

可见得两性间底主观的美，不在颜容而在情感了。

也有是泛恋爱主义的随便遇着，就可以发生磁性的接触。试看《野有蔓草》之诗罢：

野有蔓草，零露漙兮！有美一人，清扬婉兮！
邂逅相遇，适我愿兮！
野有蔓草，零露瀼瀼；有美一人，婉如清扬；
邂逅相遇，与子偕臧。

泛恋爱主义，大概都是单纯的快乐主义——性欲的——家，伊们只图性欲底满足，至于爱情是什么东西，伊们就懂不得了。若是稍稍了解爱情真义的，哪里就能在邂逅相遇之瞬间，适愿偕臧起来呢？

《溱洧》，是一篇表现可以与巴黎花会和日本樱花节相媲美的自然派写实诗。《毛诗序》说“刺乱也，兵革不息，男女相弃，淫风大行，莫之能救焉”底话，实在是毫无道理。《溱洧》本文说：

> 溱与洧，方涣涣兮！士与女，方秉蕑兮！女曰：观乎？士曰：既且！且往观乎？洧之外，洵訏且乐；维士与女，伊其相谑，赠之以勺药。
>
> 溱与洧，浏其清矣！士与女，殷其盈矣！女曰：观乎？士曰：既且！且往观乎？洧之外，洵訏且乐；维士与女，伊其将谑，赠之以勺药。

我们凝神想想罢！这种风俗狂热的场会，有多么热闹。不但热闹，佢们男女间还能显现出无隔阂的社交性来。本诗前后，只是表现出古代郑国民族性底自由活泼，并无丝毫讽刺之意味。

八 《齐风》至《秦风》

《齐风》至《秦风》，其间还有《魏风》《唐风》，因为彼中关于妇女问题底诗，都不甚多，所以我就把四风合拢起来研究了。

《齐风》之诗共十一篇，关于妇女问题的，为《著》《东方之日》《南山》《敝笱》《载驱》五篇;《魏风》之诗共七篇，关于妇女问题的，只《葛屦》一篇;《唐风》之诗共十二篇，关于妇女问题的，只《绸缪》《葛生》二篇;《秦风》之诗共十篇，关于妇女问题的，只《晨风》一篇。兹依类表解于下:

《齐风》…
- 当代婚姻礼制的……………………《著》
- 恋爱诗………………………………《东方之日》
- 攻击某贵妇人底行动的………《南山》《敝笱》《载驱》

《魏风》……描写妇功的………………………《葛屦》

《唐风》…
- 写新婚之乐的（婚姻问题）……《绸缪》
- 写妇女思征夫的（恋爱诗）……《葛生》

《秦风》……写女性相思的（恋爱诗）………《晨风》

《著》之诗，是描写古代齐国底婚礼程式的。《毛诗序》说是："《著》，刺时也，时不亲迎也。"照本诗意义上看，只有各章首句是讲新郎在某某处待新嫁娘的伊，来正式行礼的，其余各句，就完全是讲装饰的了。至于亲迎不亲迎，那怕是历史的问题罢。本诗原文：

俟我于著乎而，充耳以素乎而，尚之以琼华乎而。

俟我于庭乎而，充耳以青乎而，尚之以琼莹乎而。

俟我于堂乎而，充耳以黄乎而，尚之以琼英

乎而。

《东方之日》,《毛序》说是:“刺衰也,君臣失道,男女淫奔,不能以礼化也。”男女淫奔,又加上君臣失道,这是何等好笑?这诗,纯粹是恋爱的成分,哪里有君臣底关系?试看本文:

东方之日兮!彼姝者子,在我室兮!在我室兮!履我即兮!

东方之月兮!彼姝者子,在我闼兮!在我闼兮!履我发兮!

首句底日月,不过是因物起兴,没有什么深义。在我室……履我即……云云,足见伛们俩底这回关系,还是女性方面,先发生冲动底欲求的呢。

《南山》,《毛诗序》说是:“刺襄公也,鸟兽之行,淫乎其妹,大夫遇是恶,作诗而去之。”这段事实是否确实,我们无从知道,但以本诗和这段事实相较,却觉得其中无甚因果连络的关系。试看:

南山崔崔,雄狐绥绥;鲁道有荡,齐子由归;既曰归止,曷又怀止?

葛屦五两，冠緌双止；鲁道有荡，齐子庸止；既曰庸止，曷又从止？

蓺麻如之何？衡从其亩；取妻如之何？必告父母；既曰告止，曷又鞠止？

析薪如之何？匪斧不克；取妻如之何？匪媒不得；既曰得止，曷又极止？

这不一定就是刺齐襄公淫乎其妹的，但也不能说不是攻击某贵妇人底行动并和伊行动有关系底人物的呀。

第一、二章责伊归了庸了之后，就不当有人再怀再从；第三、四两章责伊所天，既经了父母之命媒妁之言娶了伊，就不当再放任伊，使伊无所不为，多半是客观的语句。

还有《敝笱》《载驱》二诗，《毛序》所说，和《南山》略同——一谓刺文姜淫乱，一谓刺襄公与文姜淫——终不免是历史的谬见。而且两诗所说，不过是齐子归止，其从如云（如雨，如水）和鲁道有荡，齐子发夕（岂弟，翱翔，游敖）等，其中并没有什么两性关系的痕迹；即使有如何底行动，亦只是贵妇人底个人秘密历史，没有普通的社会关系，所以我对这两诗，也不多加研究了。

《魏风》底《葛屦》，是写妇功问题的——而且只是附带的描写，妇功并不是本诗底主成分。《葛屦》全文是：

纠纠葛屦，可以履霜，掺掺女手，可以缝裳；要之襋之，好人服之。

好人提提，宛然左辟，佩其象揥；维是褊心，是以为刺。

《毛诗序》，对这诗说：“葛屦刺褊也，魏地狭隘，其民机巧趋利，其君俭啬褊急，而无德以将之。”中国人——尤其是礼义之邦的古代中国人——向来是不赞成实利主义的，所以看见人家俭朴风气，佢也要不高兴地作起诗来。由本诗第一章看，中国底裁缝业，在古代可以说是女子底专利事业，而女性纤纤两手，也可以说是裁缝业底专门工具。

《唐风》底《绸缪》，是讴歌新婚之乐的作品。《毛序》说是：“刺乱也，国乱则婚姻不得其时焉。”《韩诗章句》说篇中邂逅，是不固之貌，因而就说这诗是：“忧新昏之不久聚也。”其实本诗完全是讴歌愉快的气分。那么既是愉快，为什么章中还说今夕何夕……如此良人何……呢？不是显然在言外，还感有什么缺限似的么？这的确不差。但我们要晓得，大凡圆满都是由无限的缺限聚合而成的，成了圆满，那无限的缺限，转瞬又相追而至了。本诗底新婚快乐，在快乐以前，不知道经过几许的变迁，佢们眼角边底嫣然一笑，其中实隐藏着无限的泪痕；深恐一笑之后，那无限的泪痕又将挟江倒海而来，把这微弱的嫣然落花流水般地冲散了。所以佢才说：

绸缪束薪，三星在天；今夕何夕？见此良人！
子兮！子兮！如此良人何？
绸缪束刍，三星在隅；今夕何夕？见此邂逅！
子兮！子兮！如此邂逅何？
绸缪束楚，三星在户；今夕何夕？见此粲者！
子兮！子兮！如此粲者何？

语句有多么沉痛？伷们俩底这等爱情，的确是黄金百炼的精髓，如普通泛恋爱主义者底萍水爱情，是不可以同日而语的呀！

《葛生》,《毛诗序》说是:“刺晋献公也，好攻战则国人多丧矣。”郑《笺》说是:“寡妇悼亡也，献公好攻战，国人多丧，其室家能以死自誓。”刺献公与否，是另一问题，但依本文看来，伊底所天不见得是已经死过了的。请看：

葛生蒙楚，蔹蔓于野；予美亡此，谁与独处？
葛生蒙棘，蔹蔓于域；予美亡此，谁与独息？
角枕粲兮，锦衾烂兮；予美亡此，谁与独旦？
夏之日，冬之夜；百岁之后，归于其居！
冬之夜，夏之日；百岁之后，归于其室！

第一、二、三各章，触物兴怀，见了“葛蒙楚”“蔹蔓野”和伊之“角枕粲”“锦衾烂”，无端就想起爱人；想爱人而不至，就立时发生怨慕之情，所以说：予美亡此，谁与独处（独息，独旦）。四、五两章，就是久思不至，又无音信，终至绝望了，然而爱底质量，仍是丝毫不减；所以反覆地说：“夏之日，冬之夜；百岁之后，归于其居！（归于其室！）”

一缕情丝，总可以借以太之力突破大自然底种种障碍，和伊爱人底两极性的一端相接触了。

《秦风》底《晨风》一诗，《毛诗序》谓为“刺康公”，《韩诗外传》谓为“思贤士”，都不妥当。试读本诗原文：

鴥彼晨风，郁彼北林，未见君子，忧心钦钦；
如何？如何？忘我实多！
山有苞栎，隰有六驳，未见君子，忧心靡乐；
如何？如何？忘我实多！
山有苞棣，隰有树檖，未见君子，忧心如醉；
如何？如何？忘我实多！

触物伤怀，反覆咏叹，这明明是女性怀伊所爱底相思作品，哪有什么刺康公不刺康公、思贤士不思贤士底问题？

九 《陈风》以下

《陈风》以下，有《桧风》《曹风》《豳风》。《陈风》共十篇，其中有关妇女问题的，为《宛丘》《东门之枌》《东门之池》《东门之杨》《防有鹊巢》《月出》《泽陂》《株林》八[①]诗。《桧风》四篇和《曹风》四篇，都没有关于女性方面底东西。《豳风》七篇，有关妇女问题的，只有《七月》一诗。而且《七月》之诗还不是以描写妇女为主要目的的，不过于陈述祖业之中，附带一些描写农妇生活底语句，作其点缀品罢了。兹先作一总括的表解如下：

① 整理者按：原书为七诗，遗漏《株林》一诗。

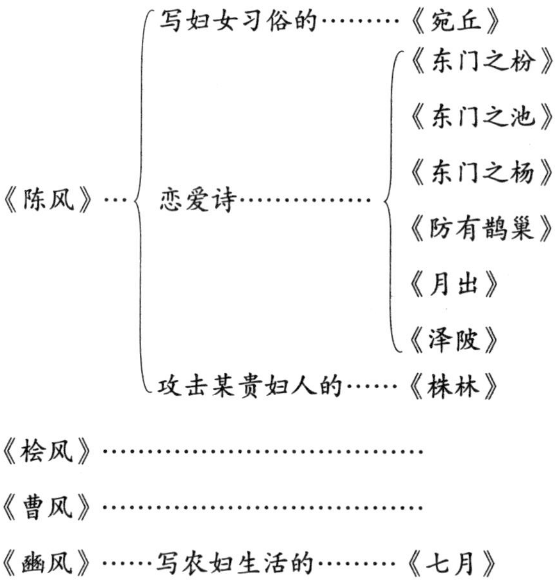

《国风》中，写女性习俗底狂热运动的，在《郑风》有《溱洧》一诗；但《溱洧》所描写的，只是放情的娱乐欲求，《陈风》底《宛丘》，却又加上一层迷信意味了。原诗说：

> 子之汤兮！宛丘之上兮！洵有情兮！而无望兮！
>
> 坎其击鼓，宛丘之下；无冬无夏，值其鹭羽。
>
> 坎其击缶，宛丘之道；无冬无夏，值其鹭翿。

《毛序》，谓本诗是："刺幽公也，淫荒昏乱，游荡无度焉。"实与本诗无何重要关系。《鲁诗》说是:“刺时也，武王封胡公于陈，妻以元女太姬；妇人尊贵，好祭祀用巫，故俗好巫鬼，击鼓于宛丘之上，婆娑于枌树之下，有太姬歌舞遗风……”究竟也只是一种以历史为根据的推测手段。本诗首章，是写伊动作底态度活泼的，次三两章，就有些神秘的气味了；击鼓击缶于宛丘，而值以鹭羽鹭翿，究竟有什么目的呢？无目的而竟能无冬无夏不或稍息，大概是有一种迷信问题存乎其间罢!

《东门之枌》，依《韩诗》说:“刺时也，太姬无子，好巫觋祈祷鬼神歌舞之事，民俗化之……”这是和《宛丘》之诗，有连带的关系了。至《毛序》则谓为“疾乱也，幽淫荒，风化之所行，男女弃其旧业，亟会于道路，歌舞于市井尔”，也和《宛丘》相去不远。原诗是:

> 东门之枌，宛丘之栩；子仲之子，婆娑其下。
> 榖旦于差，南方之原；不绩其麻，市也婆娑。
> 榖旦于逝，越以鬷迈；视尔如荍，贻我握椒。

首二章是写实，只说子仲之子底婆娑于枌栩之下，并往南方之原，放弃职业，婆娑于市井之中，这不过是狂热而已。第三章有赠答之谊，文义颇带抒情，这其中就不无男女的关系了。所以，我在前列表解内，不将本诗列于妇女习俗项中，而把彼列入第二项恋爱诗中了。

除《东门之枌》以外，还有两“东门”，就是：一为《东门之池》，一为《东门之杨》。这两“东门”诗，是单纯的恋爱诗，没有别的问题；不过依两性关系底分际看来，《东门之池》还不如《东门之杨》为深入。试把两诗列下：

《东门之池》是：

东门之池，可以沤麻；彼美淑姬，可与晤歌。
东门之池，可以沤纻；彼美淑姬，可与晤语。
东门之池，可以沤菅；彼美淑姬，可与晤言。

《东门之杨》是：

东门之杨，其叶牂牂；昏以为期，明星煌煌。
东门之杨，其叶肺肺；昏以为期，明星晢晢。

依恋爱原理说，显然《东门之池》底佢们，是一对精神纯洁的爱友；《东门之杨》，就是两个情意急切性欲之徒了。

《防有鹊巢》，是对其爱人担心，怕有人在佢们中间施以离间手段的。恋爱问题中底独占性，无论男性女性，都是免不掉的。普通所谓吃醋，并不限于一方面，男女两面，都有吃醋底可能。到了这种场合，往往可以牺牲一切，以图自身之战胜，因此而酿成生命交关的，实不可胜数。这里面，研究理性，是研究不出的，但爱之谜底世界，任何英雄好汉，一涉足其中，要想自由回转，那真比登天还难呢！这就是人生的第一烦闷、第一苦痛——青年男女，苦此最甚。试读本诗看罢：

防有鹊巢，邛有旨苕；谁侜予美？心焉忉忉！
中唐有甓，邛有旨鷊；谁侜予美？心焉惕惕！

恋爱成功，有吃醋底痛苦；恋爱未成，又有相思底痛苦。时间虽有不同，但痛苦烦闷，却是分量相等的呀！试看《月出》之诗：

月出皎兮！佼人僚兮！舒窈纠兮！劳心悄兮！
月出皓兮！佼人懰兮！舒忧受兮！劳心慅兮！
月出照兮！佼人燎兮！舒夭绍兮！劳心惨兮！

何苦来呀！然而，世界上底男男女女，除却呆痴，谁又能不尝过这种烦闷的滋味呀！没有男女之欲的烦闷，还能成这世界么？

又来了！《泽陂》之诗，也是和《月出》一样的，看罢：

彼泽之陂，有蒲与荷；有美一人，伤如之何！
寤寐无为，涕泗滂沱！
彼泽之陂，有蒲与蕑；有美一人，硕大且卷！
寤寐无为，中心悁悁！
彼泽之陂，有蒲菡萏；有美一人，硕大且俨！
寤寐无为，辗转伏枕！

诗人太矛盾了，涕泗滂沱，是干什么的？中心悁悁，是干什么的？辗转伏枕，又是干什么的？还说寤寐无为呢！这真是无为而无不为了。

《株林》一诗，依《毛诗序》说："刺灵公也，淫乎夏姬，驰驱而往，朝夕不休息焉。"

这话果确，也算是一件可注意的问题了。依《春秋传》，夏姬是郑穆公底女儿，嫁给陈灵底臣下夏御叔，灵公与其另一大臣孔宁、仪行父和伊通奸，卒为伊子征叔所弑。这种行为，杀了也是应得之惩。《株林》原诗是：

胡为乎株林？从夏南！匪适株林，从夏南！
驾我乘马，说于株野；乘我乘驹，朝食于株。

《豳风》底《七月》，是一篇描写古代社会生活状况底写实诗。《毛诗序》说是：

陈王业也，周公遭变，故陈后稷先公风化之所由致，王业之艰难也。

这篇诗所描写的，虽然不能说把古代一般社会人生活状况，完全包括，但一部分的——至少是和王业直接生关系的社会人生——社会状态总可以拿这诗作代表了。这个虽然不能成为什么极高尚的理想世界，可是后世一般讴歌升平者所认为中国底乌托邦的，却正是指的这个。我们且读本诗全文罢：

七月流火，九月授衣；一之日觱发，二之日栗烈，无衣无褐，何以卒岁？三之日于耜，四之日举趾，同我妇子，馌彼南亩，田畯至喜。

七月流火，九月授衣；春日载阳，有鸣仓庚，女执懿筐，遵彼微行，爰求柔桑；春日迟迟，采蘩祁祁，女心伤悲，殆及公子同归！

七月流火，八月萑苇；蚕月条桑，取彼斧斨，以伐远扬，猗彼女桑；七月鸣鵙，八月载绩，载玄载黄，我朱孔阳，为公子裳。

四月秀葽，五月鸣蜩；八月其获，十月陨萚；一之日于貉，取彼狐狸，为公子裘；二之日其同，载缵武功，言私其豵，献豜于公。

五月斯螽动股，六月莎鸡振羽，七月在野，八月在宇，九月在户，十月蟋蟀，入我床下；穹室熏鼠，塞向墐户，嗟我妇子，曰为改岁，入此室处。

六月食郁及薁，七月亨葵及菽，八月剥枣，十月获稻，为此春酒，以介眉寿；七月食瓜，八月断壶，九月菽苴，采荼薪樗，食我农夫。

九月筑场圃，十月纳禾稼；黍稷重穋，禾麻菽麦，嗟我农夫！我稼既同，上入执宫功！昼尔于茅，宵尔索绹，亟其乘屋！其始播百谷！

二之日凿冰冲冲，三之日纳于凌阴，四之日其蚤，献羔祭韭；九月肃霜，十月涤场，朋酒斯飨，曰杀羔羊，跻彼公堂，称彼兕觥，万寿无疆！

全诗共八章，首章叙述授衣耕田二事，而妇女所任的，就是“馌彼南亩”的饷田职务；第二、三章所叙述的蚕桑纺绩，就完全归妇女担任了；第四章以狩猎品奉呈上司，与妇女不发生关系；第五章描写秋景和准备御寒底二三琐屑之事，觉得隆冬将至，于是喟然呼其妻子，入室共享农暇之乐；第七章叙述农隙无事，须先晋京代上司修理宫室，然后方能回家乂补茅屋，这当然是男子之职了；但第六、第八两章底大啖瓜果和饮酒称寿等事，为什么也没有妇女底份儿呢？可见得妇女在中国古代社会上底生活地位，是只有劳动的生产义务，而没有享乐的权利了呀！

十　结论

《诗经》底十五国风，原来存诗一百六十篇，其中经我认为有关妇女问题的，共计是八十五篇。这就是：

风名	原存诗	有关妇女的
《周南》	一一	九
《召南》	一四	一一
《邶风》	一九	一二
《鄘风》	一〇	七
《卫风》	一〇	七
《王风》	一〇	五
《郑风》	二一	一六
《齐风》	一一	五
《魏风》	七	一
《唐风》	一二	二

《秦风》 一〇 一

《陈风》 一〇 八

《桧风》 四

《曹风》 四

《豳风》 七 一

合计 一六〇 八五

这八十五诗，若再依性质来区别，那就是：最多的为恋爱问题诗，其次即为描写女性美和女性生活之诗，再其次就是婚姻问题和失恋问题底作品了。今试作一统计表于下：

种别 \ 篇数 \ 风名	《周南》	《召南》	《邶风》	《鄘风》	《卫风》	《王风》	《郑风》	《齐风》	《魏风》	《唐风》	《秦风》	《陈风》	《桧风》	《曹风》	《豳风》	合计
写恋爱问题的	四	三	三	二	二	四	一六	一		一	一	六				四三
写女性美和其生活的	五	五			一											一一
写婚姻问题的		二	一	二				一		一						七
写失恋问题的		一	五		一											七
写女性底特殊生活的			一	一	二											四
攻击某贵妇人的								三				一				四
写母性爱的			二													二
写丑恶的家庭的				一												一
诱惑女性的				一												一
写再醮问题的					一											一
写贫女生活的						一										一
写妇功的									一							一
写妇女习俗的												一				一
写农妇生活的															一	一
合计	九	一一	一二	七	七	五	一六	五	一	二	一	八			一	八五

为什么恋爱问题底作品，占最大的数目呢？这就因为两性问题，是在人类生活上，占最重要的地位底证据。而且这种问题，在其他古书，如《书》《易》等，并不多见，即有亦不似《诗经》这般地多；这可见得愈是真挚普遍的文艺作品，才愈能描写真挚普遍的人生；那些纯官文的书，扭歪了鼻子的《易》、摧残人性的《礼》、政客偏见的《春秋》等等，当然是没有这般价值了。

前表，若依地域的区别来观察，其中也能发现出一些特殊的意义。《王风》五诗中，写恋爱问题的有四篇，《陈风》八诗中，写此问题的有六篇，而《郑风》十六诗，全部都是恋爱问题。二《南》二十诗，半数是写女性美和女性生活底东西，《邶风》底女性诗，大部又倾向于失恋底方面。这里边，究竟是什么理性呢？

实际说罢，凡一种文艺品底产生，其背面必皆有重要而不可分离的相当背影。《诗经·国风》底背影，最重要而显明的，就是当代各国民族性底差异。但民族性底成长，亦不是突如其来的。汉匡衡说："……《国风》之诗：《周南》《召南》，被圣贤之化深，故笃于行而廉于色；郑伯好勇，而国人暴虎；秦穆贵信，而士多从死；陈夫人好巫，而民淫祀；晋侯好俭，而民畜聚……"这差不多就是全以特殊的人为底权力去影响其民族性的了。《汉书·地理志》上说："……郑国山居谷汲，土狭而险，男女亟聚会，故其俗淫……"所以，我以为一国文艺之发生，不但和其民族性，有直接的关系；其他就如一切历史底长短，文化底高低，疆域底广狭，政俗底良否，生活底难易……也都有极深切的关系。

以文化史说，周召二国，总算是资格最老的了。原来岐周之地，在西历纪元前一三二七年，文王昌之祖古公亶父，已由豳国迁居其地了；到文王昌都丰之后，才把岐周故地分给周公旦和召公奭，这时就有周召二国之名。然而从古公亶父迁居，一直到文王昌受命为西伯时——西纪元前一一四二——已经又是一百八十五年底长期了。而且在礼乐政教方面，旦奭二公，又是文王昌底令郎之中，程度最优等的；他们分治其地，当然要大事革新，那时底老百姓，当然也要熙然从风，成为礼义之邦的衣冠大雅了。因而二《南》之诗，也都和其社会环象一致，文雅而彬彬有礼，就是描写两性间底相思恋爱，也都用些含蓄笼罩的手腕，不似《郑风》那样的天真活泼。至于社会上底其他缺限，当然是没多人敢写，写了岂不是得罪了专讲虚面子的旦奭二大少爷？大义所在，同胞兄弟的管蔡二叔，且能杀戮，何况平民百姓？谁敢乱放谣言，去作诗打对？

照武王发大封诸国底顺序，第一是周公之鲁国，第二是召公之燕国，第三就是他令弟之一的康叔底卫国了。卫地本不小，后又吞入武庚底邶国和管叔底鄘国，因成一个极广大的国土。依解《诗》者所言，邶鄘虽有风，而实际所描写的，皆非邶鄘二国底社会背影——全为卫国之事——那么，邶鄘二风，也就只是《卫风》了。《邶》《鄘》《卫》二十六诗中，写恋爱问题的，共七篇，写失恋问题的，共六篇，写婚姻问题的，共三篇，其他共十篇；而且各诗底表现力，较二《南》各国，放展甚多；对于失恋底痛苦和家庭底丑恶等，也都能尽情地描写，这大概是卫地近于恋爱自由之域的郑国底原故罢。照《毛诗》和三家诗底叙述，《邶》《鄘》《卫》三风底背影，皆是卫庄公——西纪元前七五七——或卫宣公七一八——之时代那么三风底年龄，较诸二《南》，至少也要幼小三百五六十岁，或四百多岁了。再《诗集传》上，有一位叫作张子的，他说："卫国地滨大河，其地土薄，故其人气轻浮；其地平下，故其人质柔弱；其地肥饶，不费耕耨，故其人心怠惰；其人性情如此，则其声音亦淫靡，故闻其乐使人懈慢，而有邪僻之心也。"一段话，也很可以供我们参考。

《王风》，本可称作《周风》，但因某种意义，觉得不好，所以就特别称为《王风》了；这种办法，究竟还是采风者底意思呢？还是乐官底意思呢？还是孔子底意思呢？现在都无从知道。周自西纪元前七七〇年平王东迁洛邑之后，王室底威权，荡然无存；那时虽说是仍旧号称天子，但实际正和一九二〇年前后底北京政府一样，政令不能达于畿内六百方里之外；这种情形，就是称王风，而其价值，也就和其他列国之气相等了。然而，我们要了解，一个历史较长而且居民众多的文化集中的大都市，其中人民底性情习惯，决不能和新造之邦相同。大凡新造邦之市府或村落，他底民族性，总带有严肃整饬的倾向；老都市中，社会虽腐败，但一般人民底思想，却自由放纵的多了。有人说："大都市，就是万恶之渊薮，犯罪之源泉。"这话的确不差，但社会愈腐败，愈能产出思想杰出的人物，证诸事实，这又是屡见不鲜的事呢。现在美国底社会倒整齐，然而一个老子、耶稣、泰戈尔也产不出，这不是显而易见的实例么？《王风》底社会背影虽不好，但彼产生的文艺作品，却远非二《南》之诗所可比拟呀。

郑兴在西纪元前八百零六年（即桓公元年），较之卫晋各国，大概迟后三百多年；可是因彼地居中原，和伏羲帝喾殷汤东周以来，累世据为重要都会的河南相接近，因此彼底民俗也就和其他各国不同了。男子好驰马试剑，女子好游乐社交，这是佢们民族性底共同之点。

齐国是个实业国，奢侈之风甚于他处。然因地近鲁国，所以人民思想上，不能如郑卫底活泼，至于男女关系底程度，不用说，也不能如郑国那样地进化了。

魏唐——即晋——二国，均偏西部，地瘠民贫，习尚俭朴，生活困难，所以没有多些人生享乐底作品。并且魏国为晋国所灭甚早，没有较长的历史，魏国底国民性，当然也老早同化于晋俗了。因此，魏诗底气息，十九都近似晋诗了。昔季札观乐，为之歌唐，曰："思深哉！其有陶唐氏之遗风乎？不然何忧之远也！非令德之后，谁能若是？”这也可以代表古人对于唐风底评价，是怎么样的了。

秦之历史本甚长，然为西陲附庸之国，在先并未得身列诸侯；其得周天子加冕之荣者，实在平王东迁之后。秦之国民性，与当时中原之地不同，所谓：“有车马田狩之乐，而无燕婉亵情之俗。”就是一个最好的写生。《左传》：“季札闻歌秦曰：此之谓夏声。”这句话底意思，就是包涵着，秦先本无礼乐衣冠之雅，尔后不然了，勇武强悍之民，也竟能同化于华夏底文明；可是毕竟气质不同，秦声还是秦声，不过是披一件华夏之皮罢了；然而我们也不能说他绝对是秦声呀，所以就勉强地说一句：“此之谓夏声。”

《地理志》云：“……武王封胡公于陈，妻以元女太姬；妇人尊贵，好祭祀用巫，故俗好巫鬼，击鼓于宛邱之上，婆娑于枌树之下，有太姬歌舞遗风。”这段话，可以算作古陈风俗沿革史了罢。陈地近郑卫，都是现在河南省境内之地，所以风气习俗和人民底思想等等，颇多类于郑卫之处，即以本书所论列，八诗之中，竟有六篇是男女恋爱之作。

《桧风》《曹风》，都没有妇女之诗，因桧为郑灭很早，曹又在山东，毗连齐鲁，染了些君子之风，当然不能有两性问题底讴歌者了。豳国是周家祖先底发祥地，《豳风》又曾经了周公旦底粉饰，更是不会有《郑》《卫》般地放情的文艺。

《国风》底次序，依《左传》季札观乐底记事，是以

“《周南》《召南》《邶》《鄘》《卫》《王》《郑》《齐》《豳》《秦》《魏》《唐》《陈》《桧》《曹》”为次，和《毛诗》顺序不同了。这种次序，本是太师旧第，彼太师之意，不过是以邶鄘卫王东都之地为一类，豳秦西都之地为一类，郑齐为一类，唐魏为一类，陈桧曹小国为一类；取其民风相近，初非有大义于其间——《诗古微·通论王风》。但以我们底眼光看来。这样分类，倒不如依照各风底实质和其背影中底民族性并环境等为标准的好。譬如二《南》和《豳风》，是有特殊历史的，我们可派他为一类；《邶》《鄘》《卫》《郑》《陈》《王》，历史和疆域，都有相关的地方，我们可派他为一类；《齐》《曹》派他一类，《秦》《唐》派他一类；《魏》《桧》二风，或纳入《唐》《郑》二风，或各自独立，均无不可。

春秋之始——西纪元前七二二——共有鲁燕卫郑晋曹蔡吴陈宋齐秦楚杞许十五国，春秋之终——四八一——加郳滕薛共有十八国，即《史记·十二诸侯年表》所列，亦尚有十三国。杞许等国，资格较浅，吴越楚距中原较远，采风之使，自来不至其地，他们没有国风，那是当然的了。孔子为政客生涯，前后奔走数十年，曾亲身游过周齐卫陈宋郑蔡楚等许多国，为什么亲身经过底宋风，没有搜集呢？并且，孔子底祖国鲁国总算是自命为得了，礼乐底衣钵真传的了；为什么孔老先生不和鲁太师俩讨论讨论，加一些鲁国底土风进去，使那不远千里而来的吴季子，也尝一尝贵国底风味呢？

这真是一个大大地疑问。

《诗经·国风》底生命，也是一件应注意底问题。二《南》和《豳风》，发生于周初，这是不用说的了。《邶》《鄘》《卫》三风，亦当在西纪元前七百年以上。《王风》底寿命，虽不能指定数目，但平王东迁——七七〇——前后，就是彼底比率，大概也和卫风底年龄，不相上下。依《毛序》，《郑风》或幼于《卫风》，然至少亦当不在郑文公之后——西前六二八年。齐风截至齐襄——六八七。魏风无年龄可考，然有唐风作比例，截至晋献，亦不能出乎西纪元前六百五十年以后。秦至秦穆，陈至陈灵，和《晋风》相差无多。桧国无历史，而曹至共公，亦在西前六百多年。总而言之，各风底寿命虽有长短，而十五国风底共同生命，却出不了五百岁——由西纪元前一一四二年周初时，至六〇〇年陈灵公时代。这种推定，有无错误，姑且不论；但到现在，我们又可以说一句，《国风》底文学上底生命，一定要和宇宙底生命共同永续了。

一九二三·五·二四

终